# 北京户口

王昕朋◎著

中国言实出版社

**图书在版编目（CIP）数据**

北京户口 / 王昕朋著. -- 北京：中国言实出版社，
2013.12
ISBN 978-7-5171-0411-7

Ⅰ.①北… Ⅱ.①王… Ⅲ.①中篇小说—小说集—中
国—当代 Ⅳ.①I247.5

中国版本图书馆 CIP 数据核字（2014）第 026734 号

责任编辑：周汉飞

出版发行　**中国言实出版社**
　　　　　地　址：北京市朝阳区北苑路 180 号加利大厦 5 号楼 105 室
　　　　　邮　编：100101
　　　　　编辑部：北京市西城区百万庄大街甲 16 号五层
　　　　　邮　编：100037
　　　　　电　话：64924853（总编室）64924716（发行部）
　　　　　网　址：www.zgyscbs.cn
　　　　　E-mail：zgyscbs@263.net
经　　销　新华书店
印　　刷　三河市祥达印刷包装有限公司
版　　次　2014 年 4 月第 1 版　　2014 年 4 月第 1 次印刷
开　　本　690 毫米 × 930 毫米　　1/16　　印张 10.75
字　　数　116 千字
定　　价　25.00 元　　　　ISBN 978-7-5171-0411-7

# 目录

# 北京户口

## 一

　　北京"成长杯"中学生外语大赛颁奖会在一阵欢快的音乐声中闭幕。一等奖获得者刘京生还没离开座位，就被几个记者围住了。好在她这几年多次在市、区一些比赛中获奖，也当然多次遇到过记者围人这样的场面，虽然不能像一些明星大腕在记者面前那样从容自若，应对如流，但也不慌张，不结巴。一位和她比较熟悉的记者说她不仅知识水平提高了，就连应变能力也增强了。

　　刘京生的妈妈大胖手捧鲜花，早已等候在门口。刘京生一出门，她就兴高采烈地迎上前，搂着女儿亲了一口。与大胖同来的还有刘京生熟悉的孙姨、陈开阳大姐、她的好朋友陈北阳。陈北阳也扑上来拥抱她，祝贺她。

刘京生的爸爸刘文革的面包车已停在台阶下边，紧挨着还有一辆挂军牌的奥迪车。刘京生上车后才发现，孙姨和陈开阳、陈北阳都上了那辆奥迪车。原来，那辆奥迪车也是来接她的。刘文革不太善言谈，从看见女儿从会场出来那刻起，只是不住地笑。媳妇骂他是猪，猪也会哼哧几声，你连猪也不如！他还是笑，实在按捺不住心中的喜悦，就拍拍女儿的头，摸摸女儿的脸。刘京生丝毫不怪爸爸。相反，她觉得爸爸无言的爱，比妈妈的喋喋不休更深重。

你这是第三个市级大奖啦，可以推优了！刘京生的妈妈从小叫大胖，现在还叫大胖，不过多了些叫她胖姐、胖姨的。大胖手里拿着女儿的获奖证书，反过来看倒过来看，真正叫爱不释手。

她说，女儿读高中可以进个好学校了，四中、八中、实验中学，哪个不得抢我闺女。我闺女还得好好挑一挑呢！

刘京生说妈你不懂别装懂。那几所学校都在西城，我们家住的是海淀。大胖说海淀也有名校，人大附、北大附、清华附……咱不着急，和你爸慢慢商量报哪个。说完，又得意地笑了。

妈，孙姨和陈姐、北阳都去咱家呀？刘京生问。

大胖说闺女傻，咱去酒店！你孙姨的老公，还有一大帮子朋友在等着给你祝贺呢。刘京生说我累，想睡觉。大胖批评女儿不懂人情世故。人家为你摆酒席祝贺，你要是不去像话吗？刘京生说我又没让他们摆酒席，是他们自己想摆的。要不，你们去吃，我和北阳去吃麦当劳。大胖说人家还不都是为你高兴？母女俩你一言我一语顶了起来。

刘文革还是笑。家常便饭，习惯了。

酒店的包间里，摆着大大小小十几瓶鲜花和花篮，仿佛一片花的海洋。每只花瓶和花篮上边系着红色飘带，写的全是祝贺刘京生、恭喜刘京生之类的词句。屋子里等候的人们见刘京生进来，一起鼓掌围上前。这些人有她熟悉的，也有她没曾谋过面的，但表情都像经过排练一样，热烈的笑容，热烈的掌声，热烈的祝贺……让她感兴趣的是陈开阳身边那个开奥迪车来的男人。那个男人是个秃顶，秃顶上边几道皱褶像用利刀刻上去的，看上去比陈开阳要大十几岁。他是陈开阳的男朋友？陈开阳怎么交了这么个男朋友，有意思。她想。

酒宴开始，大家一致让刘文革讲几句主持词。你女儿获了大奖，你不讲谁讲？刘文革推辞不过，端起酒杯，磨蹭了一会儿才说了一句，高兴，干了！说完，仰起脖子一饮而尽。于是，大家纷纷过来给刘京生碰杯，祝贺她获奖，"女状元"、"小明星"之类的赞美之词不绝于耳。陈开阳拉着那个开奥迪车的男人一起走到刘京生身边。她给刘京生介绍说，这是你本家，也姓刘，刘处长，你管他叫刘哥就成。

刘京生叫了一声刘哥，心想，处长是个多大的官啊？她不时看一眼那个刘处长。刘处长很能喝，而且很豪爽，不论和谁碰杯都是一饮而尽。他喝酒与别人不一样。大多数人喝酒是端起酒杯把酒送进嘴里，然后咽下去，喉结处会动一下。他则是仰起脖子，张开大嘴，端起杯子往嘴里一倒，酒就全进去了，好像没长喉结。严格地说，他不是喝酒是吞酒。刘京生每看他喝一杯酒，就忍不住偷偷一乐。这丫是在表演！他说话的气派更大，一张口必先提首长。首长说了，首长讲了，首长喜欢，首长喝酒……首长是你们河南老乡，口音跟你们差不多。

3

首长给我说过，小刘你个狗日的别不把老子放眼里。你的事你亲戚的事你朋友的事，大事小事恁恁事，老子都给你包了！

啥叫"恁恁"？孙姨是地道的北京人，和大胖一起在官园批发市场做服装生意，两人处得像亲姐妹。她说刘处长你丫这是哪儿的土话，不南不北不东不西的，是人话吗？

大胖赶忙扯了一下孙姨的衣角，低声说你弄啥呢？人家可是处长。孙姨大大咧咧，你们外地人怕官，我不怕。我就问问他丫那句话是什么意思。

大胖一时也找不到"恁恁"两个字的准确解释。刘京生经常听爸爸妈妈说老家话，就对孙姨说，孙姨，我给你当翻译吧。"恁恁"用数学解释就是最小最小。孙姨听完，对刘处长说，再说土话，罚酒！

大伙在一阵欢笑声中又举起了杯。

中国人设宴喜欢找个名堂。但是，上了酒桌，几杯酒过后，那个名堂或者说主题很快就会被冲淡，代之是天南海北，古今中外，官场民间，新闻旧事……一开始，刘京生是酒桌上的主客，谈得最多的是关于她获奖和中考的主题。孙姨夸完刘京生又夸大胖培养了个好女儿，说大胖做生意和照顾家庭两不误。接着，有人给大胖逗乐，问她这么辛苦怎么不见身子变瘦，老刘哥每天都保证你的营养充足吧？一阵哄堂大笑之后，话题就顺其自然地转到男人女人之间的事情上，官园批发市场哪个男的和哪个女的好上了，哪个省的高官因情人的事败露落马了。刘京生不习惯这样的场面，就给陈北阳使了个眼色，以上卫生间为借口走了出去。两个人到了大堂，找了张沙发坐下，说起悄悄话。

陈北阳和刘京生是同年生人。她们出生时，两家还都住在北五环与北六环之间城乡结合部、一个外来人口聚集的村子里。陈北阳的父亲和刘京生的父亲同在一个建筑队里，老家在河南睢阳是同一个村，到了北京又住在同一个村。两家的来往比较多，孩子之间的交往也就多一些。不过，刘京生刚到上学的年龄时，刘文革已自己单独干了，带着家也搬离了那个村子。所以，刘京生和陈北阳上学不是在一个学校。每年过节老乡聚会，或者逢上哪个老乡家婚丧嫁娶办事时，两人才能见上一面，平常就是在网上聊聊天。

那家伙是开阳姐的男朋友呀？刘京生问。陈开阳出生时，她父亲在开封打工，就给她起了个开阳的名字。中间一个开字代表出生地开封，后边一个阳字代表籍贯是睢阳。后来，陈北阳在北京出生，她爸给她起的名叫陈北阳。陈北阳当然明白刘京生说的是刘处长。她看着刘京生满眼的困惑，先是点点头，很快又摇摇头说，说不清。反正爸妈不管我更不管。她爱是老公是朋友。接着，话题一转，问刘京生有没有交男朋友？你人长得漂亮，学习成绩又好，是学校里的校花，我不信没男孩子追你。

刘京生问你是想听真话还是假话？

陈北阳说真话假话骗不了我。我是火眼金睛，能从你的眼神看出真假。她说着，伸出右手食指，在刘京生鼻尖上轻轻点了点，目光却从刘京生的衣领直往下边和里边溜。她想摸刘京生的胸时，刘京生跳起来躲开了。你干嘛？耍流氓？

陈北阳追上去抱着她，狂笑着说，我这是刚学到的检验方法。你的鼻子如果不坚挺，就说明和男孩子做爱了。刘京生摸了摸自己的鼻尖，你骗人！她趴在陈北阳身上闻了闻，你用香水了？陈北阳一撇嘴，陈北阳一边抹口红，照镜子，一边又问刘京生谈没谈男朋友。

咦……这有啥，你没用香水，可是你妈用。不过你妈用的牌子和陈开阳的不一样，陈开阳用的是纯正法国货，你妈用的是国产货。

刘京生想说什么，张张嘴，又把话咽了回去。

两人言归正传，说起了中考。陈北阳说话无遮无挡，脱口而出，你连续拿了三个第一，肯定能推优。我没法子跟你比。刘京生问她测验的分数，她说就我那破学校，老师走马灯一样地换，水平又都不咋样，学生能好哪里？刘京生不知怎么安慰她，假装低头看茶几上的时尚杂志。一阵唏嘘声引得她四下张望，看见大堂的屏风后边，一对男女正拥抱在一起接吻。她一眼就认出女的是陈开阳，男的是那个刘处长。她用胳膊肘儿碰了碰陈北阳。陈北阳说我比你早看见了，这有啥大惊小怪的，不抱不亲才不正常呢！

刘京生说真稀奇了，你姐不是和肖祥好几年了吗？陈开阳不屑一顾地说，肖祥大学毕业有什么了不起？他没考上公务员，又没有关系进不了大企业，在一家小公司打工，连北京户口也没弄到。刘京生说不对吧，大学毕业还弄不到北京户口？陈北阳说大学毕业现在还算高学历？你没听人说在北京大街上随便丢块砖就会砸着一个博士硕士。肖祥在小公司一个月收入两千多一点，至今还住在老出租屋里。我妈没意见，我爸不同意。肖祥那点工资，在北京十年二十年也买不起房。我姐跟着他喝西北风？

陈北阳说着说着，打开了随身带着的小包，拿出小镜子和口红。她先是要帮刘京生抹口红，刘京生拒绝了。刘京生说我没用过那玩意儿，也不想用。陈北阳一边抹口红，照镜子，一边又问刘京生谈没谈男朋友。刘京生说你又来了是不？真话告诉你，我没闲心搭理那些男孩子。你是不是谈男朋友了，要不怎么对这种事上心？

陈北阳点点头，谈着玩呗！刘京生轻轻给了她一捶，这还能玩？陈北阳脸上浮现一层愁云。她说我烦。一个字烦，两个字太烦，三个字特别烦，四个字……刘京生说得了得了，什么事让你这么烦？陈北阳唉声叹气，你住在城里边又上好学校，当然不知道我们的处境。学习根本就学不进去。刘京生心想，这陈北阳变了，一说学习就满面愁容，一提男女之间的事就兴致勃勃，你谈恋爱再有能耐，中考时也不能加分。

这时，陈开阳看见了刘京生和陈北阳，大声冲她们嚷嚷，京生你怎么躲这儿来了，大伙还得给你敬酒呢，快回房间去！

这顿饭从十一点半一直吃到两点半，花了整整三个小时。刘京生不知是劳累还是心烦，上了车就闭上眼睛睡了。

再过两个月就是你十六岁生日，到时你也中考结束了。爸爸妈妈给你办个像样的宴会。大胖说。

## 二

刘京生一连几天都很累。班里为她开庆祝会，学校里为她开表彰会。她白天上课，下课还要参加补习班，回到家匆匆忙忙喝口水就伏案做作业，几乎没有空闲。大胖比她还忙，今天这个在北京打工的老乡上门祝贺，要摆酒招待；明天那个刘文革生意场上的朋友摆酒庆贺，不能推辞。忙点累点，她倒没有怨言，相反还觉得其乐无穷。在她认识和交往的河南老乡中，自己的闺女最有出息，当母亲的怎不发自内心地自豪？让她头痛和心烦的是女儿不听话。她拉着女儿赴宴，女儿不仅不高兴，还一堆牢骚和埋怨，勉强到了酒场上，不是旁若无人地抱着书看，就是一言不发低着头吃菜。她想给女儿买几身新衣服，一来作为对女儿的奖赏，二来把女儿打扮得更漂亮点，女儿死活不愿意跟她去逛商场。她急了，说女儿几句，女儿马上反驳，说她想累死她。每到这时，刘文革就会站在女儿的立场上，批评她"强加于人"。

花开总有花落时。这种日子很快就过去了。两周后，刘文革接到女儿班主任的电话，让他和妻子到学校去一趟，谈谈他女儿中考的问题。一路上，他在反复想这个电话会给他带来好消息还是坏消息。大胖骂他是猪脑子。这不明摆着，咱家闺女有今天的好成绩，还不是马老师教得好。她看咱当家长的没点表示，不高兴了呗！

刘文革说你扯淡，人家马老师就不是你想象中的那种人。

大胖又说那肯定是找咱商量咱家闺女上哪个学校的事。我告诉你刘文革，咱家闺女要去就去最好的学校。大不了咱再掏个三万五万"择校费"。

一上车，大胖就拿出化妆盒。她先是给头发上喷了点发胶。然后又要抹口红。她的化妆盒里光口红就有四五支。她问刘文革抹什么样的口红？刘文革两眼盯着前方，连看也没看她一眼，顺口说了随便两个字，让她心里很不高兴。她说我不是让你看看我抹哪样的口红好看，我是让你参考一下给咱闺女的马老师送哪种口红。刘文革说人家马老师就不用口红。大胖火了。你怎么知道马老师不用口红，你和她亲过嘴了不是？没见过你这样的熊人，一说花钱就心疼。这可是给你女儿花钱。你爱花不花。大胖了解刘文革，只要说给女儿花钱，他就是钻窟窿打洞去借也不含糊。果然，刘文革二话没说，拉着大胖去了趟商场，买好了东西才又去学校。

马老师和刘文革夫妻已经很熟悉，见了面相当亲热。她看了大胖送给她的化妆品，莞尔一笑，大胖你这是羞我呢！我都快退休的老太太了，还能用这些东西。

大胖说大姐您当老师时为人师表，不用高级化妆品，等退休了得好好打扮打扮，把损失补回来。说完，她意识到"损失"两个字用得不恰当，朝马老师做了个鬼脸。

马老师就在这种亲热、友好的气氛中切入谈话的正题。你们两口子不能光忙着做生意，该是考虑京生上高中的事情的时候了。她再有两个月初中就毕业了，时间很快。

笑容可掬的大胖见刘文革只顾点头，一句话不说，有点儿急了。她说，马老师马大姐呀，我们家闺女是您带的学生，跟您亲闺女一样。咱家闺女经常在我和刘文革面前夸您，说您不像老师像妈妈。我和刘文革都商量过了，咱家闺女上哪个学校，都听您的。您说了算！她话没说完，就看见马老师皱眉头，心想，让我说准了吧，老师就是想着法儿让你家长掏腰包。不然，无亲无故她凭什么帮你家孩子？现在这世道，当官的办事收红包，医生做手术收红包，不给老师送红包你就想让孩子上好学校？门儿也没有。想着，她白了刘文革一眼。

我当不了这个家啊！马老师叹息地说。她的话让大胖和刘文革听了感觉很别扭。大胖刚要接话，刘文革给了她一个眼神，示意她不要打断马老师的话。马老师好像也没打算隐瞒，直言不讳地告诉大胖和刘文革，按照北京现行的学籍管理规定，外来人口的子女在北京借读，只能到九年义务教育阶段，也就是说，他们的女儿刘京生不能留在北刘文革好像刚从桑拿房出来，又仿佛喝醉了酒，眼睛红了，脸也红了，一直到脖子根都是红的，额头上的几根青筋不停地跳着，几乎要挣断了。

京继续读高中。

大胖没听完就拍了桌子。这是哪个不通人性的人定的政策？再说，我们家闺女怎么就叫外来人口？我们家闺女是北京生北京长大的，从上幼儿园到现在一直都在北京读书，是北京人。怎么到了高中就不能继续读书了？

马老师说京生虽然在北京生北京长，可是她没有北京户口。没有北京户口还算是外来人口。

大胖还是没听明白马老师的话，又恳切地说，马老师，不，马大姐，您要是有什么要求我们家长做的事尽管说，不管是给学校的公家拿赞助，还是给校长老师个人拿红包，咱都好商量。

马老师听了有点不高兴，白了她一眼，嘲讽地说，你以为你家大业大啊？就是你掏一千万两千万，也不能改变了政策。她见大胖气得脸都发青了，接着缓和了口气。说心里话，我们当教师的对这样的政策也不理解。报纸上电视里天天讲要社会公平，孩子们在教育面前都不能享受公平，在他们的心灵里会留下什么样的阴影？我每年都要送几个这样的孩子，每次都难过得流泪……说着，她心情沉重地低下了头，眼圈也红了。可是，这种事情也不是一朝一夕能够改变的，更不是我这个当老师的能改变的。

大胖看了刘文革一眼，吓得她差点儿喊出声。刘文革好像刚从桑拿房出来，又仿佛喝醉了酒，眼睛红了，脸也红了，一直到脖子根都是红的，额头上的几根青筋不停地跳着，几乎要挣断了。这几年，她还是第一次看见他这副怒容，心里不免有些紧张。她赶忙把马老师的话头接过来，恳求马老师指条道。

马老师说原来打算再过些日子告诉他们夫妇和刘京生。说实话，我也在帮着京生想出路。这样的好孩子，我当然想帮她，再说我还是她老师。让她继续借读三年高中，做一些努力不是不可能。可是，她高考还必须回原籍。北京的教材和你们老家的教材不一样，教学方式不一样，在北京的优秀学生回地方参加高考，不一定就考得好。我过去带过这样的学生。有的读完高中才回去参加高考，结果落榜了。所以说，我心里也发怵，才找你们夫妻俩来商量……

我们找校长说说行不行？大胖听明白了，症结不在马老师这里。她说校长得能当这个家吧？我们家闺女上初中三年交了五万的赞助费。再说，我们家闺女给咱这学校争过荣誉。

马老师摇摇头。校长也不管户籍，解决不了这个事。这些年，每年都会遇到外来人口学籍的事，今年也不是京生一个人。全区全北京就更多，怎么也有十几万。

大胖说还是见见校长吧，听听校长怎么说。她急得眼泪已经在眼眶里滚了几滚。马老师想了想，拨了个内线电话。放下电话后，她对大胖说，校长去区里开会了，教导主任在，答应见你们。不过，你们见了教导主任千万不要吵。再说了，你和学校领导吵塌了天也解决不了问题。

去教导主任办公室，要经过一条长长的走廊。走廊的墙壁上有一排橱窗，里边张贴着学校的公告，还有各种各样获奖的学生的照片及事迹介绍。大胖一眼就看见了女儿刘京生手捧鲜花和奖杯的照片。这张照片是颁奖大会上一个记者拍的。大胖洗了四张放大的，一张给了学校，一张挂在家中的客厅里，刘文革的办公室和她在官园批发市场的档口也分别挂了一张。刘京生的照片下边，还有几行介绍她如何如何刻苦学习的文字。大胖过去看了这张照片就忍不住笑，现在看了却一阵心酸，眼泪流了出来。女儿在取得这些成绩的背后，付出了多少艰辛，她这个做妈的最清楚。马老师看见了她的表情变化，难过地转过头。

教导主任是个中年女人，长得很耐看。她一见大胖就热情地握住她的手。早就听马老师介绍过你们夫妻俩精心培育女儿的事，敬佩敬佩！我们校长说过，在当前这样一个社会转型时期，每一个优秀中学生的背后肯定有一个了不起的家长！你女儿连续三届获得外语比赛第一，为学校争了光，为你们家庭争了光，也算是对你们的回报啊。

大胖听教导主任一说，心里又有了点希望。她将了将头发，押了押衣襟，让自己显得精神一点。主任，我们孩子有今天，那都是你们学校领导和老师培养教育得好。早就有朋友给我和我老公说，让京生读高中时再选个好点的学校。我和我老公都不同意。孩子是你们学校培养出来的，就在你们学校读高中，别的学校倒贴钱咱也不去。

教导主任已经在电话中听马老师简单说了情况，现在听大胖一说，一时沉默了。不过，她脸上依然带着亲切的笑容，说话依然十分平静。大姐呀，我们何尝不想让刘京生这样优秀的学生在校继续读书呢，可是，这是个牵涉到政策的大问题，的的确确不是学校能当家的。北京市的外来人口已经达到 500 多万，占全市常住人口比例接近百分之三十，像京生这种情况的孩子很多。这样说吧，北京市也当不了这个家。希望你们能理解。

大胖又像在寒冬腊月里被一盆冷水当头而浇，从头凉到了脚后跟。

她问，就是说市长也解决不了啦？我们家闺女只有回老家一条路可走呀？大胖说着说着眼泪就落了下来。

这十几万个孩子就被一纸户口赶出北京，公平何在啊？刘文革终于开口说话了。他的声音很高很响，是吼出来的。

教导主任和马老师相互看了一眼，都低下头沉默不语。

从教导主任办公室出来，大胖忍不住，扑在刘文革怀里哭出了声。刘文革连拖带拉，好不容易把她拉到了车前，她突然跪在送他们的马老师面前，两手撑在地上，咚咚，给马老师磕了两个响头。马老师，我和京生的爸爸求求您，您就看在我们家孩子没给您丢过脸的分上，帮着我们家孩子再给校长求求情。

马老师弯腰扶起她，也抹着眼泪，只是直到大胖上了车，也没再说一句话。

你是个死人啊，一句话不说，一个屁不放？车一出校门，大胖就冲刘文革身上打了几拳。刘文革说你说了那么多有用吗？学校不当家。大胖说学校不当家谁当家，你能找国务院总理吗？接下来，她就开了骂，骂制定学籍政策的人不讲理，欺负外来人；骂户籍政策不公平，误人子弟……骂了一遍，最后归结到一句话，咱家京生怎么办？咱家京生怎么办？

车到自家楼下，她对刘文革说，你回家吧。我不敢回家见闺女，实话实说我做不到，说假话骗她我也做不到。

那，那也不能永远不见她！刘文革生气地说，她问你去哪儿了，我怎么回答？大胖说你爱怎么回答怎么回答。你就说她娘没本事，没脸见她，死了！说完，她下车扬长而去。

刘文革下了车，围着车转了几圈，突然像个疯子一样，对着车轮胎踢了几脚，然后一屁股坐在地上……

## 三

刘文革决定暂时不把真相告诉女儿。他十分坚定地相信，女儿接受不了这样的现实。

其实，他自己首先不能接受这样的现实。

刘文革初中毕业不久跟着做木工的父亲来的北京。一踏上北京的土地，就发生了一件让他很不愉快的事。那天，他和父亲以及十几个从河南老家来北京打工的老乡坐了一夜长途汽车，大清早到了位于西三环外的长途客运站。工地上接他们的人还没到，他们有的坐在自己的行李捆上，有的习惯地脱了鞋子垫在屁股底下席地而坐，有的靠在路边的树上、客运站周边的铁栅栏上，疲惫不堪地打起了盹。一会儿，他被一阵刺耳的汽车喇叭声吵醒。睁眼一看，一辆黑色小轿车的轮胎几乎压着他的脚。他吓得一个骨碌翻身爬起来，揉着疲倦的眼睛，呆若木鸡地站着。黑色轿车上下来一男一女两个中年人，男的二话不说，指着他张口就骂，丫找死也不选个地方，轧死你丫谁给收尸?! 他父亲冲他后脑勺拍了一巴掌，又对那对男女赔着笑脸，说了几句道歉的话。那个女人临上车还丢下一句难听话，这些外地人就是没教养，污染咱北京的环境!

这件事像一片阴云，在他心中留下了永远抹不掉的阴影。

工地上的活既繁重又紧张，几乎没有多少空闲。做木工活的人手少，每天从天刚蒙蒙亮就要起来干活，晚上到十点多钟才能休息，有

工作的劳累，生活的艰苦，对于他们这些农村长
大的孩子来说还能吃得住装得下，让他们难以忍受的
是常常感到做人的权利和尊严的丢失。

时忙起来忙个通宵达旦。吃饭的时候，上百人围着几盆菜，你争我抢，狼吞虎咽，锅碗瓢盆叮当叮当，就像打仗一样。他们住的是大工棚，一排二十多张铁板床，被窝一个挨着一个，冬天挤在一起还觉不着什么，到了夏天彻夜难熬。很多人睡觉喜欢光着身子，工棚里的汗气味、脚气味加上长时间不洗、挂在铁丝上或堆放在床头、床下的衣服、袜子散发出的霉气味浑然一体，空气熏得人睁不开眼睛，甚至让人感到窒息。工作的劳累，生活的艰苦，对于他们这些农村长大的孩子来说还能吃得住装得下，让他们难以忍受的是常常感到做人的权利和尊严的丢失。工地的监理，也就是业主代表从来不拿正眼看他们，稍微发现他们中的一个人工作上有点失误，张口就骂，连带着把整个工地的人，甚至全北京的外来人都骂了。那个时候，他们这些被称为农民工的人还有一个绰号，叫做"盲流"。每逢到了重大节日或者国家要举办庆典活动前夕，全市都要进行一次大排查，"盲流"们是排查的重点对象。有的被从租住的地下室里驱逐出去，有的小门面被勒令临时关张……他们集中聚住在工地的人不要背着铺盖四处迁徙，但是也被集中管理，没有一点自由，除了干活、吃饭、睡觉，出工地的大门都要请假。他记不起有一次搞什么重大活动，还集中把他们送回了老家，直到活动结束才回来。

他第一次请假离开工地，是和几个伙伴去看天安门。天安门在他们心中太神圣了。他们步行了四五里路才到公交车站。车上的人本来就很多，候车的人也很多，好在他们五个人年轻力壮，分成两拨从前后门挤上了车。一上车，他就看见一位年轻的女人斜着眼看他，拿着手绢在鼻子前来回地扇着，好像他是一个患了传染病的病人。他心里

又恼火又悲愤，恨不得跳下车远远地逃离。不一会儿，车上就有人开始议论。有的说咱北京外地人越来越多，像一锅大杂烩，就连公交车上气味都变酸了。有的说犯罪率为什么比过去高了，就是外地人多了。一个妇女说，我们村住的外地人，男孩子没事做，终日东蹓西窜，得手就偷就捞。我早上挂在院子晾晒的我儿子的衣服，到吃中午饭时就不见了。第二天我看见一个外地男孩子身上穿的就是那件！我想说，我老公让我忍。我老公说你惹了他们，小心他们一把火把咱家点了，你找人都找不到！有的说外地人不讲文明，随地吐痰随处倒垃圾还有的随处小便，好像下边的家伙没有开关……车上一阵哄堂大笑。笑声刚落，响起一个清脆利落的声音。咦……北京人真他娘小母牛来月经——血牛。我昨天碰见一个北京老头带了个女孩，开始还以为是他闺女，后来见他两人亲嘴，那女孩叫老头老公，我脸上都替她发臊。说这话的女孩就是后来成了刘文革媳妇的大胖。

那天，大胖说完这话后，车上的北京人和外地人分成两派吵了起来，还差点儿动了手。

在天安门前的遭遇，又让刘文革和他的伙伴们很受伤。一进广场，他们的眼睛就不够用了，一会儿指指那边，一会儿指指这边，不一会儿就有一个便衣警察模样的人跟上了他们，要检查他们的身份证。他们五个人中有两个还没办身份证，有一个的身份证丢失，没时间回老家补办，两个有身份证的，警察看了又要暂住证。他们的工地在城北，工地上对暂住证的要求不严，再说还得花钱，都没有办。警察不干了，把他们带到派出所，直到他父亲从工地拿着证明过来，才放他们离开。当天晚上，他就向父亲提出了回老家的要求。父亲听了，沉默了一会

儿，告诉他说他妈让人带信来了，家中的三间房子被大雨淋塌了一间，
只有一间能住人，急等着用钱修。他明白父亲话中的意思，没再坚持。
一年后，他又一次提出回老家，父亲又告诉他说，他弟弟等着钱交学
费。于是，他又放弃了。

再后来，他断绝了回老家的念头，因为他认识了大胖。大胖对他
说过打死也不回老家的狠话。大胖绰号"大炮"，是个敢作敢为的女中
豪杰，刘文革自从和她谈恋爱起，就对她言听计从。有老乡说他婚后
连脾气性格都变软了。

他到北京参加建设的第一个项目就是一所投资规模很大的学校，
校园里不仅有绿茵茵的草坪，壮观的体育馆，还有山（假山）有水，
环境优美。学校建好后，他们的队伍又在学校附近建楼。大楼建到十
层的时候，大胖有一次来看他，两人就在十层的一个房间里铺着工服
发生了第一次性关系。大胖下身出的血把他的工服染红了一片，像是
在工服上缀了一朵鲜艳夺目的花。完事后，大胖指着楼下学校里欢蹦
乱跳的孩子说，等咱俩有了孩子，就送他进这学校！就是在北京吃糠
咽菜，我也不把孩子送乡下读书。咱要下一代成真正的北京人。

刘文革和大胖婚后第三年生下刘京生。他住的那个北五环外的村
子只有一所幼儿园，而且只招收有户籍人口的孩子。他父亲因为他母
亲常年生病，无力操劳庄稼地，要回老家。刘文革和大胖商量让父亲
把刘京生带回去。大胖起初不同意，哭也哭了，闹也闹了，最后还是
点了头。她和刘文革两人要忙着挣钱，无法照顾孩子，也只能让孩子
委曲求全。可是刘京生不知是水土不服，还是生活不习惯，先是拉了
两个月的肚子，接着身上又生疮。大胖急了，回老家把女儿接了回来。

她说咱孩子生在北京，就是北京命。她自己带了两年孩子又受不了。她说我一个初中没毕业的人，怎么教孩子知识。那时，刘文革的弟弟和大胖的弟弟也来了北京，他们又招了几个老乡，离开工地单干了。干了一年，大胖就提出搬家，到城里租房子。她说咱在这生活七八年，是苦没吃够还是罪没受够啊？别再让穷气沾孩子身上了。于是，他们就在女儿上幼儿园的地儿就近租了间地下室住下了。为了改变生活环境，他和大胖用尽了浑身的力气。他最多时一年接了二十个家庭装修。再后来，他注册了公司，忙是忙了，但他对北京的印象开始改变，觉得北京真正是全国人民的首都，敞开胸怀接纳来自天南海北像他这样的农民。你可以注册公司，你可以承接工程，只要你有真本事就有挣钱的机会。有时在外和老乡或者客户聚会，听到有人说北京的坏话，他就和人家急，惹得人家骂他，你以为当了小老板就成地地道道的北京人了。对不起哥们，你身份还是个农民工。

刘京生从上幼儿园起，就要交"借读费"。这种费用也是中国教育的一大特色，据说外国是绝对没有的。尽管大胖骂骂咧咧，不过刘文革还是认这壶酒钱。后来，北京的政策又放开了一步，外地人可以在北京购房，还有的传说购房可以带户口。刘文革手里已经赚了几十万元钱，打算回老家盖座小楼。大胖说你还惦记着回老家住呀？要回你自己回，我和京生就是流浪街头也不回去。他咬咬牙，狠狠心，拿出一多半，付了一个六十多平米两居室房子的首付，剩下的在官园批发市场租了个档口让大胖经营。搬进新家那天，全家人高兴得抱在一起哭了一场。毕竟他们在北京有了家。

往后还房贷的这些年里，他和大胖都很吃苦。大胖和有的老乡私

他做梦也想不到，女儿竟然会被一纸户口挡住了
继续在北京求学的路。


下劝过他，你给私人家庭搞装潢装修，大多数人家又不要发票，不要
发票你就不要报税，这可是一大笔收入。他不同意。他说做人得老实、
诚实，国家对咱这么好，北京对咱也不薄，咱们不能昧良心。首都建
设需要钱，国家建设需要钱，钱从哪里来，税收是一大块。如果人人
都想着法儿偷税漏税，那首都还建设不，国家还发展不？再说，偷税
漏税是犯法的事，犯法的事咱不能做。所以，他的公司连续多年都是
纳税先进单位。大胖有时生气骂他，你算过吗，你这些年交的税钱早
就够还房贷了！赖昌星家业那么大还想着法子偷税漏税。他就笑笑回
答，那姓赖的不出了事逃到国外去了吗？你让我也背井离乡啊?!

　　诚信的确给刘文革带来了回报，前年区政协换届时，他当上了区
政协委员。让他最为遗憾的是，爸爸妈妈二位老人没能享受他带来的
幸福，先后于前两年去世了。他爸爸去世前，在县医院住了两个月，
他因为参加奥运场馆的工程建设，没能回去看爸爸一眼。老乡里有人
背地里骂他只顾赚钱，连亲老子也不要了。

　　他做梦也想不到，女儿竟然会被一纸户口挡住了继续在北京求学
的路。大胖下车后，他也没有回家，直接去区政协找一位他熟悉的领
导。那位领导听了他的讲述，面露难色，直截了当地告诉他，政策的
确是这样规定的，不是针对他一家一户。你要是不想耽误你女儿的学
业，我看还是回原籍读高中，如果到了高二高三再回去，说不定真像
你女儿老师说的影响高考。

　　我爸爸妈妈都去世了，家中的几间房子也转让给了邻居，孩子一
个人回去住哪儿，又怎么吃饭？有了病有了灾的谁来帮忙……？刘文
革一连串说出了几个问号。他说政策也是能变的，你不合理的政策怎

么就得让人接受呢？

那位领导认识刘文革也有几年了，从来没见过刘文革这么激动，说这么多话。他劝刘文革不要着急，我帮你找有关部门说说看。但是，我不能给你任何承诺，你还得做两手准备。

从那位领导的办公室出来，刘文革十分茫然。他买了一盒烟，坐在车上一连抽了三支，头都大了也想不出个办法。因为女儿说今天到校外一个地方报名，说好了接她，他看看时间到了，只好硬着头皮去了。半路上，他给大胖打了个电话，劝她不要着急，再想想办法。当然，他的根本出发点是让大胖回家。他晚上还要陪客户吃饭。

刘京生一开车门，人还没上车又退了回去，不乐地说车上怎么那么大的烟味？爸您不是戒烟戒了十几年了吗，又涛声依旧了？刘文革赶忙把四扇车门全都打开，然后拿了盒牛奶给女儿，让她等烟味淡了一点再上车。

刘京生上车后，搂着爸爸亲了一口。爸，马老师今天找我谈话了。刘文革一惊，心想，这个马老师怎么不守信用，不是说好了在决定没下之前先不告诉京生吗？很快，他又从女儿欣喜的神情看出，她说的和那事没关系。果然，刘京生喝完了牛奶，才告诉他说，马老师动员我报名参加全市青少年动漫比赛。马老师说我做的动漫有创意。我准备拉上陈北阳一块儿报名。她的动漫做得也不错。她看出了刘文革情绪不安，又问，爸，你干嘛那么紧张？刘文革松了一口气，解释说是怕她太累。刘京生说不对，我还没说出来什么事，您怎么知道我会累？您一定有事瞒着我。刘文革心里赞叹女儿精明，嘴上却嗔怪她太累。大人做大人的事，大人的事有时喜有时烦，你连大人的事都考虑能不吃饭的时候，刘京生喋喋不休地给爸爸讲她的动漫创意。刘文革表面在听，心里却想着女儿的户籍学籍，不时愁眉不展。

累呀？

刘京生挤巴挤巴眼皮，做了个鬼脸，就知道您得看妈妈的态度，不如不给您说，我回家问我妈。她一进门喊了几遍妈，没有听到回声。过去，听到外边的防盗门开锁的声音，妈就会跑过来开门迎接她。她推开厨房的门，妈不在；又推开卧室的门，还不见妈的影子。她又回过头看门后墙上的衣帽钩上，没有妈妈每天带着的白色小坤包。她有点失望，问，爸，我妈哪去了？

刘文革说你妈今晚去机场送个老乡，要晚回来一会儿。

那我晚上怎么吃饭，您得陪我。刘京生撒起娇来，拉着刘文革的胳膊不松手。刘文革痛快地答应了。他给公司的副总经理打了个电话，让副总经理陪客户吃饭，吃完饭再带客户去歌厅唱歌。安排好工作，他才想起自己打从和大胖结婚后就没进过厨房，油盐酱醋放在哪儿都不知道。虽然大胖在他面前总是指手画脚，家务却从来不让他插手，这也是他很感谢大胖的一条理由。无奈，他只好开车拉着女儿去了饭店。

吃饭的时候，刘京生喋喋不休地给爸爸讲她的动漫创意。刘文革表面在听，心里却想着女儿的户籍学籍，不时愁眉不展。他的情绪感染了刘京生，她说着说着就没了兴趣。回家的路上，也变得怏怏不乐。刘文革几次逗她，她只是笑笑。回到家，她见妈妈还没回来，心里更是不乐，对刘文革说了句晚安，就把自己关进卧室里。刘文革以为女儿像平常一样去做作业了，加上他自己心情不好，少气无力地躺在大厅的沙发上，长长地叹了口气。他没有想到，敏感的女儿刘京生又悄悄从卧室出来，看见他睡在沙发上，拿了条毛巾被给他盖在身上。爸，你要是累了困了就上床睡吧。我现在抱不动您，等再过几年，我力气大了，就能把您抱上床。

刘文革心里一阵温暖。女儿从小就很懂事，最让他满意和感动的是女儿对父母的理解、体谅。他忙着做活，经常很晚才回家。他和大胖的知识又有限，在女儿的学习上帮不上忙。女儿全自觉自愿。她放学回到家就打开书包做作业，自己从来不开电视机，不玩游戏机。大胖有时到外地进货，就给女儿留几瓶八宝粥或者几盒方便面……假如这次不能把女儿留在北京读高中，他心里会愧疚一辈子。这个时候，他非常非常想和女儿说说话，又怕一不留心说漏了，让毫无准备的女儿无法承受。他连眼也没敢睁，对女儿说了句谢谢，翻个身假装睡了。

过了一会儿，卫生间里响起淋浴的声音，女儿洗澡了；淋浴声停后，女儿卧室的门响了一下，女儿进卧室里了。他拿起手机，打开通讯录文件夹，自上向下地翻看着，想从中找到能帮助他的人。就在这时，手机电话响了，是大胖打来的。大胖问他女儿晚饭怎么吃的，问他有没有告诉女儿马老师找他们的事情。然后让他到官园附近的一家酒店去，说她在那儿等他。

刘文革临出门时，敲了敲女儿卧室的门，京京，你在家做作业吧，我去接你妈了。

刘京生在屋里应了一声。刘文革出门后，她赶忙走到阳台上往下看。城市规划赶不上经济发展速度，是很多城市的通病。北京很多上个世纪八九十年代建的小区没建地下停车位，而这几年私家车发展速度惊人，只好停在马路两边，把街道都挤瘦了。她看见爸爸边打电话边上了车，心里直犯嘀咕，爸爸今天怎么怪怪的？妈妈过去偶尔有一次不回家吃饭，会给她打电话唠叨半天，今天也有点儿不正常。她猜测爸爸妈妈一定有事瞒着她。

## 四

大胖与刘文革分手后，先是没有目标地在大街上转悠了一会儿。她心里不好受，脑子里也一片混乱，想骂人，想发疯，想撒泼，大街上来来往往的人，没有一个让她看着顺眼的。走到一家食品店前，她进去买了两瓶冰镇可乐。这几年，她的身子不住地发胖，一直不敢再喝甜味的饮料。今天，她像找到了报复对象，一口气喝下两瓶。

孙姐来了电话，大胖你去学校怎么用了那么长时间？你还回不回来，等着你摸几圈呢！批发市场一般到了下午客人就少了些，孙姐就拉着她和几个不错的一块打麻将。一方面可以调剂一下情绪，一方面可以增加彼此感情。以往，她都是积极响应和热情参与者。不过，今天她没了情绪。她说我心里不好受。孙姐说我听出来了，有什么事能让你不好受？你心里不好受姐心里就犯堵，过来给姐说说，姐帮你出出主意。

她一见孙姐，话还没说出口，泪水就掉了下来。孙姐喜欢喝普洱茶，而且泡得很浓，像酱油汤。她从大杯子里倒出一小杯让大胖喝了。别老是哭，有话就给姐说吧，是不是刘文革背着你做了坏事？她见大胖摇头，急了，你是家中被盗了还是在街上被人抢了？我看不像。

大胖把她和刘文革在学校遇到的事情给孙姐说了一遍。孙姐听后瞪大了眼睛，北京还有这政策？我怎么没听说过。你们家京生不是在北京生、在北京长的吗，怎么会到现在没有北京户口？她说着，一连打了几个电话，问办户口的事，问学籍管理的事。打完电话，她无可奈何地对大胖说，还真有这样的政策。又问，大胖你和刘文革打算怎么办？

大胖说了不能让女儿回老家读高中的几点理由，最后痛哭流涕地表示，绝不让女儿回老家。孙姐想了一会儿说，那就只有一条路，想法子把京生的北京户口办了。说完又批评大胖，我说你和刘文革两口子对孩子也不负责，你生她养她快十六年了，怎么就不想法子把她的户口给解决了？大胖说我们两口子哪懂这些政策。我们在北京买了房，有了固定的职业和收入，就觉得生活稳稳当当了。再说，又不是过去发粮票布票什么都要票，北京人和外地人有区别。再再说了，北京户口也不是好办的。

孙姐说你说得也在理，我听人家说当官从外地进京，老婆孩子的户口才能跟着进来。当官的和老百姓的待遇什么时候都不能一样。大胖说孙姐你是老北京，熟人多，关系广，你得帮我闺女想想法子。

孙姐说我这不正想着吗，刚才打电话你也听见了，我那些熟人朋友里没有能办这事的。她一拍脑壳，对了，陈开阳不是认识刘处长吗，刘处长说不定能帮上忙。

大胖听了摇头，那个人不像有能耐的人。

孙姐说你不能主观武断地看人。你看刘处长的车号，甲字开头，那是领导的车牌号。这样吧，我给开阳打电话，让她把刘处长找来说说这事。我请客。京生是你闺女也是我闺女。

大胖想孙姐说得也在理。她多次和刘文革在车上看见挂甲字开头的车，有的时候街上清道，是给那种牌号的车让路；路上拥挤的时候，那种牌号的车大胆地走逆行道，甚至目中无人地闯红灯，警察睁一只眼闭一只眼。刘处长能开这种牌号的车，说明他不是一般人物。

孙姐给陈开阳打通了电话。陈开阳一听孙姐说请她和刘处长吃饭，很爽快地答应了。过了几分钟，她又给孙姐打过电话来，说刘处长陪领导活动，要到七点钟才能过来。孙姐看了看手机上显示的时间离七点还有一个多小时，就招呼大胖和几个人打牌。

大胖的心思在女儿的学籍上，精力不集中，一连几次出错牌，惹得孙姐有点不高兴。大胖你就别想了，你想破了脑袋也办不了。姐今晚就把话给开阳挑明，她必须办，不然我从此不再认她这个干闺女。

孙姐和陈开阳的关系，大胖还是了解的。陈开阳上初三那年期末，因为和爸爸妈妈闹意见，偷偷吃了十几片安眠药，送到医院抢救时，医院要先付费，她爸爸妈妈身上没带钱，正愁肠寸断时，恰巧孙姐当时也到医院看病，二话没说帮着这个素昧平生的女孩子垫付上了医疗费，陈开阳得以从死亡线上被救了回来。她从此就认了孙姐做干妈，三天两头跑来看孙姐，遇上孙姐忙时还帮孙姐打理。对于她为什么要自杀，当时的说法是因为她失恋了。几年过去了，一直是这个说法。陈开阳和刘文革是一个村的老乡，大胖和孙姐又在同一个市场里上班，所以，陈开阳自然和大胖也打得火热。不过，大胖表面上对陈开阳热情，心里却有些看不起她。她初中毕业后跟着孙姐干了几个月，说是找到了一家酒店的迎宾工作，就不再来孙姐那儿上班了。再来时，她的发型变时髦了，穿戴变时尚了，就连说话的口气也变得娇滴滴了。有人背着孙姐告诉大胖，陈开阳是在一家夜总会里当坐台小姐，官园批发市场里做生意的男人陪客人去夜总会唱歌见过她。大胖最看不上她的是她的感情不专一。她喜欢的是比她大两岁的肖祥。肖祥也是河南商丘的老乡，还是一个村的，跟着姑姑在北京生活，他人长得帅气，学习也很用功，考上了北京的一所大学。她为了追肖祥，和另外喜欢肖祥的女孩闹得不可开交，甚至威胁要毁了人家的容。肖祥大学毕业没考上公务员，进了一家公司，她就和肖祥分了手。大胖不满意陈开阳，但是又不好张口告诉孙姐。眼下实在是想不出好法子，找不到好门路，她也只能先听孙姐的安排。

陈开阳是坐着刘处长那辆甲字开头的奥迪车来的。她见饭店的迎宾小姐、服务员眼睛盯着车牌看，不禁神气活现地挺了挺胸。过去，她跟孙姐和大胖上饭店时，都是笑容可掬地挽着孙姐，这回却是毫不遮掩地挽着刘处长的胳臂。进了包间，也挨着刘处长坐在了一起。孙姐问刘处长开车能不能喝酒。刘处长说喝，无酒不成席。孙姐说我是怕你酒后开车警察查了麻烦。刘处长说，丫警察看见我的车号也不敢拦我的车。他还让服务员上两包软中华，饭店上烟加收服务费，一包一百块。他让和饭菜一起结。孙姐心里不高兴，脸上还赔着笑。孙姐性格直率，几杯酒过后，就开门见山地把给刘京生办北京户口的事说了。陈开阳听了，愣了一下，欲言又止。刘处长正在夹菜，把筷子一放，点了一支烟，没有说话，只看着陈开阳，好像在等陈开阳表态。

大胖心里一下子没底了，笑容瞬间逝去。我说这个刘处长不太靠谱吧，孙姐还不信？孙姐从大胖的表情变化看出了她的心思，眼睛盯着陈开阳，话却是说给刘处长听的。这是关系京生那闺女一辈子的大事，小刘你无论如何都得当成头等大事，开阳是我闺女，京生也是我闺女，手心手背都一样。

她知道办北京户口是件不容易的事。当初她初中毕业时，也因没有北京户口，被爸爸妈妈赶着回老家去读高中。

陈开阳没有说话。她知道办北京户口是件不容易的事。当初她初中毕业时，也因没有北京户口，被爸爸妈妈赶着回老家去读高中。肖祥，还有很多很多像她一样没有北京户口的孩子，无一不遇到过同样的经历。她当时是抱定了宁愿在北京做鬼也不回乡下的念头，一气之下服了安眠药。不了解真相的人以为她是因为失恋。她妹妹陈北阳和刘京生一样今年初中毕业，也面临这个问题。她之所以没当着刘处长的面说出来，是她没有告诉过刘处长自己的老家在农村，自己是个在北京务工的农民工的后代，她不愿把自己同弱势群体这个词联系在一起。

刘处长听孙姐说完，轻轻笑了。孙姨，说句吹牛皮的话，你还真烧对了香拜对了佛，不就是办北京户口吗？来，喝个酒我告诉你怎么办。

孙姐兴奋地和刘处长连干了两杯酒。大胖从来不喝酒，有时实在推辞不下才喝杯红酒。孙姐让她敬刘处长酒，她没有犹豫，痛快地陪刘处长喝了杯白酒。刘处长脸色变红了，说话的声音也提高了。孙姨，我每年都要帮人家办户口，多的时候一年办了三十多个，有朝阳区的、海淀区的、东城西城的，也有郊区的。你想给孩子办在哪个区？大胖刚说出海淀区，他一拍桌子，不就办一个海淀区的户口吗？这事交给我没问题。

宽敞的包间里突然静寂了，只有空调机运行的微弱声音。四个人的表情各不相同，大胖有些疑问，孙姐有些激动，陈开阳有些惊喜，刘处长则有些得意。还是孙姐先开了口，刘处长你真办成了这件事，我让大胖两口子好好感谢你。说着，她走过去给刘处长倒了杯酒，又冲大胖招招手，大胖，还不赶快过来给刘处长敬酒。

刘处长喝得大概有点过了，也许装醉，端着酒杯摇摇晃晃走到陈开阳面前，阳阳，咱俩喝个交杯酒吧，我今天当着干妈的面，正式向你求婚。陈开阳既不惊不喜，也不慌不乱，从容地和刘处长勾肩搭背喝了一杯酒，又在刘处长腮上亲了一下。刘处长高兴得哈哈大笑，他说现在就给公安局户籍处长打电话。接通后，他用手示意陈开阳她们不要讲话。喂，处长老弟，听出我是谁了吗？对，对，我是你刘哥刘处长。有个事哥得找你帮忙。什么？不客气。我当然不跟你客气。这么着，我一个亲侄女在北京十几年了，想把户口从老家迁来。对，农村的孩子……

大胖现在相信刘处长了。踏破铁鞋无觅处，得来全不费功夫。没想到在她和刘文革看来比登天还难的事，刘处长一个电话就解决了。今晚回家不要怕看女儿的眼睛了。她抑制不住内心的激动，紧紧抓着孙姐的手。

突然，刘处长的脸上起了愠色，说话的口气也变了，兄弟，我知道办这事得花钱，去年不是办一个户口二十万吗，今年怎么又要三十万了？这还得排队排到明年下半年……

大胖听到这里，像触电一样猛地站了起来，把椅子也带倒了。天哪，三十万，这对于她的家庭来说尽管不至于倾家荡产，也得挤干油水。她家里的财权在她手里攥着，她清楚自己的家底，充其量也就有十来万存款，还得每月还房贷，一下子到哪拿出三十万来？她拉起孙姐走到门外，姐，这也太贵了吧？我，我们家拿不起啊。孙姐想了想，大胖，按说一个户口本本三十万是贵了些。如果我的户口本本能转给京生，我一分钱不要就转给她，可是那不符合政策。现在，你把刘文革叫来，让他也听听，你们回去好商量。我再给刘处长说说，看能不能少点。

这样，大胖才给刘文革打了电话。挂上电话，她没回房间，一个人呆呆地坐在大堂里。刘文革到后，她先把情况给刘文革说了。刘文革听后，一屁股坐在沙发上，点燃了一支烟，沉默不语。大胖急了，踢了他一脚，都到什么时候了，你还不急不躁。人家说这还得排队排到明年。

到明年不就都给耽误了！刘文革说，把我的车卖了。反正砸锅卖铁也得办这事。

孙姐大概等得不耐烦了，到大堂来找大胖，看见刘文革也到了，就对他俩说了她又与刘处长商量的结果。刘处长说了，他可以找户籍处长把别人今年的指标挤下来给京生，但是，钱一分不能减，这是公安局要的迁入费，看在我和开阳的面上，处长局长的人情费不用你们家出，他来还。

刘文革和大胖面面相觑。孙姐急了，刘文革你在这事上要像个爷们，该当家时就当家，不要难为大胖。你要是还有更铁的关系，不用花钱或者说花钱少，那你就进去给人家刘处长说一声，敬个酒了事。

大胖说他哪来这样的关系，姐你还不知道他的为人，树叶掉头上都怕砸个洞。这事就定了，我们这两天就准备钱。

从酒店回家的路上，刘文革默不作声地开着车，大胖也呆若木鸡地坐在一旁。直到停好车，刘文革才对大胖说不要把情绪带给女儿，咱悄悄地把这事办了。大胖说没有不透风的墙，早晚她也会知道。刘文革说晚知道一天就少难受一天。再说，户口办好了，她也不用回老家了。

走到电梯门前，大胖拉了刘文革一把，你说那个刘处长可信吗？刘文革说死马当成活马医，没办法。大胖说那咱们先别把钱给完，给他一半，等拿到户口本再给另一半。刘文革点点头。

## 五

第二天是礼拜六，刘京生上午没有课，就多睡了一会儿。她起床后发现，家中的气氛与以往有了变化。妈妈是个性格外向的人，过去总是一边做饭一边哼着上个世纪八九十年代的流行歌曲，爸爸则在客厅里看早新闻。今天，厨房里传出的是妈妈不时的叹息声，爸爸也没看早新闻，而是站在阳台上抽烟。她敏感地意识到爸爸妈妈有事瞒着她，于是走到阳台上，夺下刘文革手中的烟。爸，您又抽烟，不怕我和妈妈抗议？

刘文革冲女儿笑笑，轻轻拍了下她的脸颊。上午没课，怎么不多睡一会儿？刘京生说我得准备动漫大赛报名的事，敢睡懒觉啊！刘文革发现女儿明显瘦了，心里一阵隐痛。他又要掏烟，被刘京生拦住了。刘京生拉着他的手，把他拉到沙发上，然后打开了电视机。爸，您看新闻，我给您泡茶。不一会儿，她就把一杯热茶送到刘文革的手上。刘文革有早上喝茶的习惯。他的观点是，早上喝一杯热茶，可以冲洗一下头一天吃的油水，清理清理肠胃。过去，大胖每天早上都要为他泡好一杯热茶，今天不知是忘了，还是在为女儿学籍的事担忧，没有给他泡茶。他也好像忘记了。看来还是女儿心细。他想，为了女儿的

刘文革和大胖都愣了，一时不知所措。女儿长这
么大，他们家庭的早餐桌上第一次失去了欢乐，出现
了尴尬。

前程，无论多大代价也得把她的户口迁到北京来。

大胖看女儿第一眼时的目光就有些慌张，然后主动避开了女儿的眼睛。可是，当她的目光看到墙上女儿手捧奖杯和鲜花的照片时，马老师和教导主任的话不由自主地在她耳边响起，她的眼睛湿润了。为了不让女儿看出她的心情，她借口再炒一个青菜又进了厨房。没想到，刘京生也紧跟进来了。妈，您昨晚回来怎么没叫我？

大胖说昨晚喝了几杯酒，头有点疼，又怕让你看见妈失态，才没叫你。说着，她把女儿推进卫生间里，让她漱洗准备吃饭。回到餐桌前，她埋怨刘文革，看你那样子，生怕咱闺女不知你心里有事。刘文革没好气地哼哧一声，你也不比我好到哪里去！

也许刘京生看出了爸爸妈妈情绪上的变化，吃饭的时候，她故意说了几段笑话，想让家中的气氛欢愉起来。但是，她发现爸爸妈妈虽然也笑，但笑得很勉强。爸爸妈妈对视的时候，目光中透出沮丧和无奈。她饭没吃完就急了。你们有什么事能不能痛快地告诉我？我已经不是小孩子了，还看不出你们的变化？你们越是让我胡乱猜，就越多让我费脑子费神。你们要是心疼我，就别这样！说完，她赌气地把碗筷朝一边一推。

刘文革和大胖都愣了，一时不知所措。女儿长这么大，他们家庭的早餐桌上第一次失去了欢乐，出现了尴尬。大胖示意刘文革说话，刘文革却离开餐桌，走到阳台上抽烟去了。大胖无奈，只好给女儿编了个谎。她说工商在官园批发市场检查假冒名牌服装，把她一个姐妹放在她那儿的一包假名牌服装查了出来，工商对她作出了停业和罚款的决定。她说，我和你爸怕你知道了心里着急，影响你中考，所以没

给你说。

刘京生相信了大胖的话，脸上换上了笑容。刘文革和大胖也如释重负。

此后一连几天里，刘文革和大胖在女儿面前说话都小心翼翼，生怕让女儿看出破绽。但是，环境并不是人为营造出来的，尤其是小家庭的环境与每个家庭成员的心情、工作、学习，以及言语、表情十分密切，一句话、一个眼神都会让这个环境瞬间发生截然不同的变化。这天晚上，大胖到女儿卧室送牛奶时，看见女儿在设计动漫，有点生气，说你中考不一定能被推优，还参加这些没用的竞赛。刘京生火了，我怎么就不能被推优？她说着就起身去找刘文革，在客厅和卧室都没看到刘文革，又从阳台上看刘文革的车位，见车也不在，就给刘文革打了个电话。她说我妈变了，看我不顺眼……说着说着竟然哭了。

刘文革那天刚刚接了一家装潢装修的活，和几个同事在公司加班搞设计。接到女儿的电话，他不知妻子和女儿之间到底发生了什么事，安慰了女儿一会儿。女儿挂断电话后，他又拨通了大胖的电话，刚说了一句你注意一点，大胖就冲他吼起来，刘文革你是不是想把我逼疯？告诉你，我的忍耐也是有限度的。不等刘文革往下说，大胖就把电话挂断了。

刘京生在卧室里听见了妈妈对爸爸的吼声，吓得身子颤抖了一阵。在她印象中，爸爸妈妈是一对恩爱夫妻。他们之间出现意见分歧时，都是平心静气地说理，有时也有争吵，很快就会雨过天晴。爸爸妈妈对她更是视若掌上明珠，百般呵护，千般关爱。有一年冬季的一天，她和陈北阳等几个同乡小伙伴聚会时吃了不干净的羊肉串，到了夜间

突然发烧。妈妈把她从家中背到几里外的公路边去打出租车。在路边
等了一会儿不见车来，妈妈又毫不迟疑地背着她往附近的医院走。听
见她喊肚子疼，妈妈撒腿跑起来。跑了一段路，才遇上出租车。妈妈
上了车就瘫软地躺下了。爸爸那几天在距离北京一百多里之外的一个
工地搞装修，接到妈妈的电话后，他借了一辆自行车，用了两个小时
的时间赶到了医院。第二天她出院后，妈妈找到陈北阳家，把陈北阳
的妈妈数落了一通。爸爸妈妈也就在那天决定了要离开那个外地人聚
集的村庄。这些年，爸爸妈妈拼命地赚钱，家庭收入逐渐提高，爸爸
妈妈不舍得吃不舍得穿，把钱用在改变家庭生活质量和她的培养教育
上。她姥姥去世那年，她已经读初中一年级。姥姥临终前拉着她的手，
告诉她，京京啊，你爸爸妈妈不让我告诉你，可姥姥要走了，想来想
去还是想告诉你，你爸爸妈妈收入的一半都用在了你身上。你可千万
给你爸你妈争气！刘京生也决心报答爸妈，学习上很刻苦，成绩一直
在年级里保持领先。她没想到临近中考，家庭却发生了不愉快，自己
第一次对妈妈发火，妈妈又第一次冲爸爸吼叫。她心里难过了一阵子，
悄悄走出卧室，看见妈正坐在沙发抹眼泪，一下子扑到妈的怀里，妈，
我错了。

　　大胖也意识到了自己刚才的话伤了女儿的自尊心。她的本意是想
告诉女儿，你拿过几次市里区里的各类比赛第一，那些花花绿绿的奖
状，只是给学校甚至区里增了光，而你自己到头来没有北京户口那张
纸，照样在北京上不了学。当然，这些话不能给女儿挑明了。挑明了，
就是给女儿背上思想压力、精神负担。她抚摸着女儿蓬乱的头发，感
慨地说，你是爸爸妈妈的好闺女，爸爸妈妈就是再苦再难，也得让你

留在北京读书。

过去，刘文革一进门就喊女儿的名字，女儿答应着迎上前，亲热拥抱一下他，然后接过他手中的包或者别的东西，一直把他送到沙发上坐下，和他聊上一会儿再回屋做作业。自从马老师和教导主任跟他和大胖谈话后，他进家都是悄无声息，好像自己做了不光明正大的事，生怕女儿看穿。大胖说，看看咱这家变成什么样子了，用不了一个月我就会发疯！刘文革问她刘处长办户口的事谈得如何？她说刘处长倒是挺热心挺上心，就是公安局的那个什么什么处长不同意先付一半的钱。处长说这他妈的又不是在你官园批发市场买衣服能侃价，要不是看刘处长的面子，你再加二十万也不会轮到你，有人拿着一百万排队等着呢！就这一周内，给钱就给你办，不给钱就给给钱的办。

刘文革听着这话不对劲，堂堂市局的一个处长怎么会说出连一个生意人都不能说出口的话？他从来和客户谈价钱时，都是好言好语地商量。他问大胖见没见到那个处长。大胖点点头，那个处长倒是开着警车来的，人没下车，就在车上跟我说几句话。很横，像个公安！

刘文革说真公安才不横呢，我又不是没打过交道。北京的公安特文明特讲理。大胖一听，急了，我说什么你都不相信是吧？这事你办吧，我还不管了呢！刘文革一听她的嗓门又放开了，赶忙向隔壁的卧室努了努嘴，示意她声音小一点，别让女儿听见。人到气时急时无奈时，性情就像火山即将喷发前的岩浆运动，强性堵塞往往会促使提前喷发。刘文革了解妻子的脾气，所以每到这个时候就会主动缴械认输。他走到阳台上点了一支烟，望着灰蒙蒙的天空暗自叹息，从20世纪八十年代就来北京，二十多年过去了，从一个青春少年变成了崭露白发的中年，到最后这里还不是自己的归宿，就连下一代也跟着遭罪。
看来，必须下决心给女儿买户口，不然女儿这一辈子都要受户口的
连累。

他回到屋里，先是给大胖认了个错，然后斩钉截铁地说，这三十
万咱掏！

第二天上午，刘文革就把车开到了二手车市场。二手车市场的马
路边上，有一些专业从事二手车买卖的。他们的眼光很贼，从一搭话
到看成色，马上就明白卖车人的心态，哪个人是有了钱想换新车，哪
个人是因为等着用钱……然后对症下药。刘文革的那辆车刚刚买了两
年，经纪人张口就侃下四万。刘文革想去窗口办理，那几个人站在车
前不让路。他说你们再拦，我就打110报警。有一个人把腿朝他的车
轮下一伸，张开手向他要钱，你丫报警可以，你撞伤了我，得先送我
去医院，不然老子把你这车砸了当废铁卖！

好汉不吃眼前亏，刘文革只好把车卖给了他们，后来向朋友打听
行情，少卖了五千元。这五千元够他家还两个月的房贷。卖车款加上
他向弟弟借的两万和家中的存款，才二十万出头，大数还差十万。大
胖让刘文革从公司再拿十万，刘文革说公司账上只有两千多元。他开
的是家小公司，干的是小打小闹的家庭装潢装修，利润不高，收入不
多，去了各种成本，每年也就二三十万的纯收入。公司的钱都拿去进
货，垫在材料上了。大胖不信，你公司开了十几年，钱都扔哪儿去了？
刘文革说公司的账不都让你看过？咱这房子是个大头，女儿年年交借
读费、赞助费和学杂费，这十几年平均下来哪年不万儿八千？前些年
我爸我妈你爸还活着，每年也得花个万儿八千，又是十几万，你弟弟

结婚盖房子加上送彩礼买家具花了七八万……他的话还没说完，大胖就火了，你怎么没算我给你当保姆的费用？告诉你刘文革，过去我从来没问你公司的事，今天不能不问了。你心里有鬼。

刘文革见大胖又上劲了，不想和她纠缠，拿上包就向外走。大胖一把扯下他的包，接着又抓住他的衣襟，他一用力，把大胖推倒在地上，自己衬衫上边的两只扣子也挣脱下来。大胖像杀猪一般嚎叫着，你刘文革没心没肺是个小人，我跟你吃了那么多年苦，你在外边还找小女人！她骂着，又扑上来，在他脸上狠狠地挠了一把。他觉得脸上像被火箭烙了一下。皮肉之苦他尚能忍受，最不能忍受的是大胖的玷辱。他一怒之下，朝大胖脸上狠狠地打了巴掌。他和大胖结婚十八年了，从来没动过大胖一手指头。大胖先是震惊，接着一屁股坐在地上放声大哭，我的爹来我的娘来，这日子不过了……她身子不住地前仰后合，高举的两手也随着身体的节奏挥动。

刘京生就是这个时候回的家。她推开门，一下子目瞪口呆。这种场面，她只是在一些反映农村生活的电视剧里看到过，做梦也想不到自己这个温馨祥和的家中也会上演。爸，你们这是怎么啦？她看着爸爸脸上几道新鲜的血迹，泪水刷地流了下来。接着她又去拉坐在地上的妈妈。妈您别这样，邻居都在听呢。大胖说就让别人听，让别人看笑话，反正这个家也没法子过了。刘京生说您不怕丢人我还怕现眼呢，妈您给我个面子，我给您磕头了！说完，她双膝一弯，跪在大胖面前，果然磕了三个头，头撞在地板上的咚咚声仿佛也带着怨言，让大胖心像刀扎一样疼痛。她知道不能再哭下去，那样会逼得女儿不知做出什么可怕的事，再说，风雨过后，女儿可能会打破砂锅问到底，她也不

知如何回答。想到这里，她一个骨碌爬起来，脸也没洗，拍拍屁股出
了门。刘京生想去拦她，被刘文革拉住了。

刘京生哭着说，爸你打我妈了？你为什么打我妈？你是北京人，
又不是农村人，就是现代文明的农村男人也不会打老婆。

刘文革听女儿说他是北京人，心里既好气又好笑，鼻子也一阵发
酸，怕女儿看见，转身抹了把眼泪。

刘京生在沙发上哭了一会儿，又跑进卧室哭去了。刘文革面对这
突如其来的家庭变局，心里乱成一团。

刘京生在卧室里哭了一会儿，心里放不下妈妈，又到客厅找刘文
革，爸，你为什么不去找妈妈？你不去我去。她一边说一边换衣服。
我妈要是出了事，我也不活了，你一个人过吧。

刘文革既怕妻子出事也怕女儿出事，赶忙跟上女儿。在电梯间，
刘京生扭过头，看也不看他一眼，让他心里惶恐不安。刘文革要带她
去吃饭，她说我见不到我妈决不会吃饭，哪怕饿死。

让刘文革和女儿没想到的是，刚出小区的门就找到了大胖。其实
大胖并没有走远。她到了小区的门前就停下了。女儿的晚饭怎么吃？
女儿哭坏了身子怎么办？女儿的情绪受影响进而影响了学习又怎么办？
一连串的问题都与女儿有关。女儿的事是大事，这是她从女儿出生以
后一直坚定不移的信念。她又不想马上回去，她要给刘文革一个教训。
刘文革你不来求我，我不会回去。她在小区门口徘徊了一会儿，又想
起女儿办户口的钱还没凑够，经过考虑，她给陈开阳打了个电话。

开阳，我是你大胖姨。吃饭了吗？大胖开场说了几句客套话。陈
开阳好像很忙，马上打断了她，是大胖姨，我听出来了。你是想说京

生户口的事吧？我老公不是都说清了吗，他是助人为乐，白帮忙。人家公安局那边说一分钱也不能少。你和我刘叔赶快点吧，再拖下去，我老公说话都不好使了。

陈开阳没等大胖再说下去就挂断了手机电话。大胖心里一百个不高兴，咦……还称起老公来啦，这哪搁哪呀！比你爹小不了几岁，看你领家里怎么叫。看来想让降点钱是不可能了。还有十万向谁借呢？把自己在官园批发市场里的档口转让出去吧！她想，眼下，官园批发市场里像她租的档口，转让费私下里炒到了十几万。转念又一想，档口转让出去了，自己干啥去？就自己这点初中文化，经过多少年都就着馒头吃到肚子里大半，到哪儿找工作？没了工作，仅靠刘文革一个人的收入能养家糊口，可日子会紧巴巴。对了，给孙姐打工。想到这里，她又给孙姐打电话，说了自己的想法。孙姐一口就答应了，大胖你这法子行，等你以后有了钱再租一个档口呗。大胖听孙姐答应了，心里高兴，怒气瞬间烟消云散。她转身要往家里走，看见刘文革和女儿过来了，赶忙又转身蹲在地上，两手遮着脸，假装在抹眼泪。

刘京生首先看见了大胖，扑上前就去拥抱她，由于用力过猛，母女俩抱成一团倒在地上。大胖慌忙拉起女儿，宝贝，摔着了吗？让妈看看哪儿疼。刘京生帮妈妈拍打着身上的土，大声喊道，妈，对不起，把您身子摔坏了。大胖上下打量了一下自己，没有啊，哪儿坏了？刘文革也紧张地上前看了看大胖。刘京生笑了，妈，把您的屁股摔成两半了！说完，撒腿就跑。大胖一边追一边笑着骂她学坏了。刘文革也笑了。

一场家庭危机就这样过去了。吃晚饭时，一家人又欢欢喜喜，好陈开阳一说出三十万的数字，陈北阳就不吱声了。

像什么事情也没发生。大胖总结说，这说明咱家没有矛盾的基础。不过，上床以后大胖又骂刘文革外边有野女人。刘文革说我向毛主席保证，我没有。大胖一把抓住他下身的家伙，你多少天没用了，怎么解释？刘文革说不是因为闺女的事心烦吗？你不是也没让我用？说着翻身骑到大胖身上……

三天后，大胖把三十万元现金送到了刘处长手上。陈开阳当时也在场，她对大胖说，大胖姨，不瞒你说，我老公这回真给我干妈和你面子。我妹妹北阳想办北京户口，一分钱也不少给，我老公都给回绝了。北阳这几天都恨我……

# 六

其实，陈开阳只说了一半真话，就是她妹妹陈北阳听说姐姐的男朋友能办北京户口，吵着先给她办。可是，陈开阳一说出三十万的数字，陈北阳就不吱声了。

陈北阳没有像刘京生那样读过幼儿园，小学到初中也一直没离开过北五环外的那个村子。她的爸爸妈妈比刘文革还早两年到北京。她爸爸一直跟着当年的乡建筑队做泥瓦工，后来乡建筑队改制成了公司，被乡长的弟弟"买断"，她爸爸虽然被留下，一年辛辛苦苦做下来，也就收入个万儿八千。她爸爸妈妈第一胎生了陈开阳，是女孩；第二胎又生了她，还是女孩；所以又生了第三胎，是个男孩才停下来。她妈妈带着三个孩子已经忙得不亦乐乎，哪有工夫上班？一直到她上了四年级，她弟弟上了学，家庭入不敷出，她妈妈才开始找工作，但是都不稳定，今天在务工子弟学校当清洁工，明天又到洗衣厂做洗衣工，最近又通过社区的家政公司找了个钟点工的工作，每月收入不到一千元。

直到她五岁那年，一家五口仍住在一间屋里挤在一张大床上，中间用块布隔了个帘子。还是女人敏感，她妈妈给她爸爸多次说过，两个女孩一天天大了，懂事了，你个驴操的又一天不能闲着，让孩子看多了听多了不好。她爸爸求房东求了半年，房东才点头让她爸爸自己动手在房子的门前搭了个简易的小房子，不过，房租是按一间房的价格收。她和姐姐才从此有了属于女孩子的空间。

陈开阳初中毕业后就辍学了。一方面是她不愿意回老家读高中，一方面是她爸爸妈妈也不愿意再供她读书。这样陈开阳就到官园批发市场给干妈打工去了。一开始，每天早晨五点起床去挤公交车，晚上十点才能回到家，天天叫苦喊累，上了床左一个翻身右一个翻身，折腾得陈北阳也睡不好觉。陈开阳也应聘过其他工作，一是文化水平，二是北京户口，这两个硬杠子挡着，总找不到满意的事干。半年后，陈开阳变了。一开始是不回家来住，说是干妈怕影响生意，给她在官园附近租了房子。再回家来时，穿的用的都成了时尚，还给了她爸爸妈妈一千元钱补贴家用。她妈妈追着问她钱从哪里来，她说是干妈给加了工资。陈北阳记得最清楚的是，姐姐身上的香水味未曾闻过。

后来，有人说陈开阳在一家夜总会坐台。她妈妈开始不信，哭闹着让她爸爸把她找回家来问问。陈开阳拖了一个月没回家，她妈妈哭了一个月，埋怨了一个月。正逢上她妈妈生病住院，她爸爸愁着交不起一万元钱的押金，陈开阳带着钱去了，把她妈妈顺利送上了手术台。她妈妈住了半个月的医院，医药费用不说，就连平时吃的喝的也不比别的室友差。她妈妈出院后，再也没提过陈开阳坐台的事。

　　陈北阳从小学到初一，学习成绩在她所在的打工子弟学校也是比较好的。家里没有放桌子做作业的地方，她就趴在床上，用切菜板当课桌。陈开阳刚出去做事那一段，回家就上床睡觉，姐妹俩常常为此争吵，还动过手。有一回，她妈妈骂陈开阳，让陈开阳为她让地方。陈开阳急了，学，学，学有个屁用？上完初中你还得滚蛋回老家。她第一次知道北京还有关于外来务工人员子女学籍管理的政策。进入初二，打工子弟学校的老师班上讲、会上说，动员学生做好心理准备。为此，她痛苦，她不平，曾经写过一篇博客，用的题目是《我想死》。

　　今天，老师给我和十几个像我一样的农民工子女开会。他神情凝重地告诉我们，因为我们的户口不在北京，按照政策规定要回原籍读高中，然后在原籍参加高考。听了老师的话，同学们都火冒三丈，有几个火气大的男生还掀了桌子，摔了凳子。我们几乎异口同声地喊出"打死也不回老家"的口号。

　　我们这些"90后"的孩子，大多数是在北京出生北京长大的。我的同学中无论问到谁，他都会说他老家是什么什么地方，心里早已承认自己是北京人。虽然我们曾在过春节时跟随着父母，挤在人山人海的火车上回老家过年，但我们也只认那块土地上的家是爷爷奶奶爸爸妈妈居住过的"老家"，而北京的家才是我们的家。我们对那个"老家"很陌生，对北京这个"家"更亲近，更亲密。突然要把我们从"家"中赶出去，我们当然不能答应。

　　我们和老师论理，后来又找校长。校长说我和你们老师到现在也还是外来务工的，哪有权利答应你们的要求，更不用说改变你们的命运了。我们才知道，生活了十几年的北京并没有承认我们是她的子女。同学们都哭了，哭得很伤心。

我现在很害怕。家中只有年迈的爷爷奶奶，他们的生活需要照顾，我回去就必须承担起一个保姆的责任，买米买菜做饭洗衣服……我最害怕的是跟不上班。我的一个同学小学毕业就回了老家，她告诉我老家的教材和北京的不一样，老师的教学方法也和北京的老师不一样，她到现在刚刚适应。她说她后悔当初回去读初中。我如果回去了，考不上高中，或者几年后考不上大学，难道就得在老家种地了吗？

北京，你为什么对我们如此无情？


她之所以没和刘京生说起过，是以为刘京生早搬到城里住了，又是在城里的学校上的初中，不会遇到和她同样的问题。直到陈开阳那天回家，在家中接大胖电话时说了刘处长在为刘京生办北京户口，她才明白刘京生的爸爸妈妈为了让刘京生留在北京读高中和高考，托关系办北京户口。她生气地问陈开阳，姐，你怎么胳膊肘儿朝外拐，帮别人办北京户口不帮自己妹妹办？

陈开阳说，你以为办北京户口那么容易呀？人家是花钱买的。陈北阳问要花多少钱，你先帮我垫上，就算我借你的，等我参加工作挣了钱还你！

陈开阳说你做梦吧你！办一个北京户口对外要五十万，有关系也得三十万。我到哪儿去拿这三十万？再说你初中毕业上高中，高中毕业上大学，这又是六年，谁给你出钱？指望咱爸咱妈，咦……门儿也陈北阳和许多像她一样在北京出生，在北京长大的外地孩子一样，对个人的归宿点与爸爸妈妈那一代截然不同。

没有！

陈北阳一下子愣住了。她就是做一千次关于北京户口的梦，也绝对想不到办一个户口如此大的代价。

但是，陈北阳和许多像她一样在北京出生，在北京长大的外地孩子一样，对个人的归宿点与爸爸妈妈那一代截然不同。他们的爸爸妈妈在城里打工挣了点钱，先是回家盖房子，即使老婆孩子跟着进城的也是如此，因为他们最终还是要回老家度过晚年，死后和祖辈埋在一起。陈北阳这一代人是抱着彻底融入城市的念头，打死也不愿回老家。不同的归宿点，就是不同的追求，当然生活态度也就不同。陈北阳从那一刻起就下定了决心，无论如何也得想法子办一个北京户口，成为真真正正的北京人。

她曾想"逼"陈开阳。不管怎么说你是我姐，再难你也得帮我。这天下午放学后，她没有回家，径直去了陈开阳在西四环租住的公寓。她去过陈开阳那个公寓，一梯两户，房子装修得也很豪华，家用电器应有尽有，每月房租就要四千多。陈开阳对她说，一个女孩子尤其是像我这样出众的女孩子，住在保安措施不严密的普通社区里不安全。

从北五环她所在的地方到那里需要换乘四次公交车，正是上下班和放学的高峰，车上十分拥挤，车上的空调也不发挥作用，到了第三次换乘的车上，她上身的衬衫就湿透了。一个高高胖胖的中年男人站在她旁边，不时用眼睛的余光看着她高高耸起的胸部。不知她妈妈怎么生的，她的胸比姐姐陈开阳大，而且比陈开阳的好看，尤其是两个乳头红红的，晶莹剔透，像熟透了的樱桃。陈开阳嫉妒得要命。她故意挺了挺胸，朝那个中年男人笑了笑。那个中年男人眼睛都直了，口水差点儿流下来。他看她背着沉重的书包，低声说，小姑娘，你很早熟。她没生气，也没表现出高兴，直到下车时才对那个中年男人说了一句，去死吧！不过，公交车上的这一个细节，让她认识到了自己的魅力，心里充满了骄傲。每一个漂亮的女孩都喜欢男人夸奖自己，注意自己。

陈开阳磨蹭了好大一会儿才给陈北阳开门。她说你咋这个时候跑来了，不知道人家晚场上班，还没睡醒？

陈北阳一进门就敏锐地意识到陈开阳的房间里有男人。鞋架上男人的皮鞋，衣架上散发着汗气的男人的衬衣，茶几上烟灰缸里的烟头……她说，姐，你这是金屋藏、藏、藏……她斟酌了一会儿，也没找到恰如其分的最后一个字。金屋藏娇是说男人藏女人，说陈开阳金屋藏奸吧，毕竟是自己亲生姐姐，太不好听。陈开阳早不耐烦了，藏，藏你个头！看你一身臭汗，还不去冲个澡。

陈北阳一边冲澡一边想，莫非陈开阳想利用我冲澡的机会，把藏在屋里的男人放走？她随便冲洗了一下就出来了。果然，门口站着一个男人。那个男人好像急着要走，陈开阳不知因为什么事和他争执，两人撕撕扯扯黏在一起。听见卫生间的门响，那个男人拉开门匆忙走了。陈开阳回过头来，连看也没看她一眼，抹着眼泪进了卧室。她的心灵受到了强烈震撼。原来，陈开阳时尚的穿戴打扮、进口的法国香水和装腔作势的一举一动背后，隐藏着的是常人难以想象的苦难和委屈。她突然改变了主意，不能再给姐姐加重负担。她悄悄地离开了陈开阳租住的地方。

回到家里，她给刘京生打了个电话。她张口就说，京生，我想死。

你爸爸妈妈有钱，正在找人给你买北京户口。你有了北京户口就不用回老家了。

刘京生说你吓我啊？陈北阳说骗你是孙子。我觉得走投无路了。刘京生这才觉出陈北阳的情绪不对，问她发生了什么事。陈北阳说三言两语说不清，你上网看看我前几天的博客就明白了。

刘京生是上初一那年开始上网的。不过，她是个自制力很强的孩子，放学回到家，饭后先做作业，晚上九点到十点之间上网一个小时，和网友聊聊天。此刻还不到上网的时间，但是陈北阳说了，又拿电话等着，她只好破例打开了电脑，按照陈北阳的提示，打开了她的那篇《我想死》的博客。读完，她的心紧张得咚咚直跳。她对陈北阳说可能是你们老师搞错了，我没听说有这种政策。陈北阳说是你爸你妈没给你说实话，他们知道这个政策。你爸爸妈妈有钱，正在找人给你买北京户口。你有了北京户口就不用回老家了。刘京生不信。陈北阳说不信你可以问你爸你妈。

刘京生挂上电话，直接去敲爸爸妈妈卧室的门。大胖已经睡了，披着衣服下床开了门，见刘京生一脸困惑，有些吃惊，闺女，你怎么了？

刘京生问您和爸爸是不是有事瞒着我？

大胖说没有，我们能有什么事需要瞒着你？刘文革也到了客厅，大胖指着他，又说，你要是不信，问问你爸爸。

刘京生不想再和爸爸妈妈绕弯子，就把陈北阳的话给爸爸妈妈说了一遍。大胖和刘文革听着，脸色都变了。她见不能再瞒女儿，就点点头承认了事实。她说，既然政策规定要花钱办，我和你爸再难也得给你办，不会让你回老家。

刘京生双手捂着脸哭了，泪水顺着指缝向外流。她现在才明白前

45

些日子爸爸妈妈为什么不开心，才知道爸爸妈妈是为了她发生口角和矛盾。更让她难以接受的是，自己突然间不是北京孩子，还是外来务工人员后代，就是报纸电视上常说的那个她不愿听，也从来没有和自己身份联系在一起的"农民工二代"。

大胖和刘文革面对因心灵受伤而失控的女儿一筹莫展。他们找不到有力的理由安慰女儿，找不到合适的词汇劝导女儿。大胖也跟着女儿哭了。

过了一会儿，刘京生渐渐平静下来。她对大胖和刘文革说了一句，我今天终于明白了，只有爹娘真正关心儿女，世上只有爹亲娘亲。爸妈，我不会让你们的血汗钱白花。说完，她头也不回地进了卧室。

大胖泪如雨下，一头扑在刘文革怀里。

# 七

眼看刘京生的生日到了。大胖想给女儿一个惊喜，在女儿生日的头一天的一大早就给陈开阳打电话，托陈开阳找刘处长问一问，京生北京户口的事办得怎样了。陈开阳中午时去了官园批发市场。不过，刘处长没有和她同行。她说我老公陪首长出差了，还得一个礼拜才能回来。别看他是个当官的，一点也不自由，还不如咱老百姓想去哪儿去哪儿。

孙姐说官差官差，当官的就是当差的。你等着吧，结了婚让你守空房的时候不会少。

大胖听着孙姐和陈开阳对话，心里却犯起了嘀咕，前几天问户口的事，说是公安局办户口的处长出差了，要一个礼拜回来。这又是刘处长出差了，咋就那么巧呢？不过，嘀咕归嘀咕，她不敢问，怕陈开阳不高兴。陈开阳不高兴，刘处长就会不高兴，那样，时间拖得可能会更长，事情办得可能会更不顺利。她歉意地笑了笑，说，那就再等等吧。学校那边老是问闺女有啥打算，在哪儿中考，闺女急，当爸当妈的能不急吗?！嘿嘿……

陈开阳给了大胖一个轻蔑的眼神。胖姨，你该不会怀疑我老公是个骗子吧？大胖忙说不是不是，怎么会呢！

孙姐也跟着说，你大胖姨就没长孬心。

陈开阳把手机拿给大胖看了一眼，看见没？我老公新给我买的手机，镶钻石的，一万多。他说过两天给我换车。孙姐赶忙劝她说，不要让他给你换车，让他给你买房子。趁现在房价不高，赶紧买。北京的房子保准升值。再说，你不能一辈子租房子住。没房子叫啥北京人。

大胖心想，俺几年前就买了房子，不还没成北京人吗？

第二天给女儿过生日，大胖原来想在饭店订一桌饭，叫上孙姐等几个朋友、老乡一起热闹热闹。刘京生很懂事，她说爸爸妈妈为了给我办户口，欠了一大笔账，就别铺张浪费了。妈您就在家给我下碗面条吧，方便面也行。一席话说得大胖又掉了泪。这年刘京生的生日是十几年来最冷淡最节俭的一次。

晚饭后，刘京生要做作业，大胖拉上刘文革，说是到楼下遛弯儿，其实是想和他说说女儿户口进展的事。她说这都一个多月过去了，怎么没点儿动静？刘文革听了没回答。不过，大胖看得出他在思考。她说这个陈开阳最近花钱很凶，一万多的手机，两万多的手表，还戴上了钻戒、金耳环，我琢磨不出她哪来的钱！就说她坐台吧，也挣不了那么多。孙姐给我说过，陈开阳那场子一晚上台费三百元，还得给妈咪提成六十，再去了打车费四五十，剩下二百元。她住的是公寓，听说一个月房租好几千。吃饭怎么着也得七八百。她那样的女孩，化妆品、衣服开支是大头，一个月也得几百几千。

刘文革本来想说还有的小姐挣"出台费"，话到嘴边又咽了回去。他只是听人说过，从他嘴里说出来就会引起大胖怀疑：你小子是不是找过出台小姐？何必让祸从口出呢？他问大胖是不是怀疑陈开阳和刘处长勾结骗财？没等大胖回答又严肃地说，开阳那孩子在夜总会上班是不好，可她不是那种会骗人的孩子，本色还不坏！大胖白了他一眼，咦……在那种场子上班的能不学坏？刘文革没接话。

两人在楼下转悠了一会儿，回家的路上，大胖突然想起了什么，对刘文革说，我听人家说陈开阳的妹妹北阳也是今年初中毕业，好像也找刘处长帮忙办户口。你说要是只有一个指标，刘处长会给咱闺女办吗？刘文革是第一次听到这个消息，马上警觉起来，说那就说不准了。这要看刘处长是爱财还是爱色。大胖说反正他刘处长接了咱的钱，就得给咱办。他不办就让他退钱。

刘文革一下子站住了，严厉地说，咱的目的是给闺女办北京户口，让闺女成为地地道道的北京人，不是为了让他办不成退咱钱。你千万得盯紧了。

大胖说你不是准备接分局新会议中心的装潢装修吗？到时认识了分局的人，打听打听。

刘文革说八字还没一撇呢。那个工程要招标。

又过了一个礼拜，大胖想着刘处长出差应该回来了，就让孙姐再

给陈开阳打个电话。她不好意思再催，怕陈开阳误会。孙姐拨通了陈
开阳的手机，接电话的却是陈开阳的妹妹陈北阳。她说我姐刚和姓刘
的去超市了，手机忘了带，孙姨有什么事告诉我，她回来了我让她给
你回电话。孙姨说也没什么大事急事，就是想问问刘处长出差回来没
有。你这样说，我就知道刘处长回来了。陈北阳在电话那边嚷嚷，姓
刘的没离开过北京，他上哪儿出差了？放他的屁！

陈北阳的声音很高，大胖在一旁听得一清二楚。她急了，夺过孙
姐的手机，问陈北阳说的是不是实话。陈北阳说胖姨我骗你有啥好
处？见六胖不回答，她又说，你是不是问京生办户口的事？我昨天
还听我姐问过姓刘的，他说公安局的处长出国学习去了，要过一个月
才能回来……

大胖一阵惶恐不安，一片阴云掠过她的心头。刘处长今天一个借
口，明天另一个托词，到底哪句话是真哪句话是假？万一，万一……
她不敢想下去，又不好意思对孙姐说，神情恍惚，不住地走神，给顾
客拿了衣服，忘了收钱。顾客说，这位大姐，你这服装免费试穿啊？
她这才收了钱。她的神情变化，没逃过孙姐的眼睛。其实，孙姐放下
电话心里也犯嘀咕。她对大胖说，这事你先别着急给刘文革说，我下
了班去找开阳问个清楚。完事，我给你打电话。

晚上，大胖草草地吃了几口饭，就坐在沙发上等电话。刘文革把
电视声音关到静音状态，只看荧屏上的字幕。电视里的手机铃声响了，
他和大胖两人都不约而同地看手机，然后相视无奈地一笑。可能实在
受不了紧张气氛，刘文革到阳台上抽了一支烟。到了九点，孙姐还没
来电话，大胖有点急了，屁股底下仿佛被针扎着，坐卧不安，一会儿

到卫生间洗洗手，一会儿到阳台上站一站。九点半钟，等待已久的电话终于来了。孙姐告诉大胖，刘处长和开阳都见到了。刘处长他真的刚从江西出差回来，还给我带了盒白茶。开阳说她妹妹听说刘处长能办北京户口，死缠烂磨地吵着要办。现在只拿了一个名额，刘处长说得先给京生办，北阳不高兴，说刘处长坏话。

大胖不想听孙姐绕弯，打断她的话，问京生的户口办没办？孙姐说已经办好了，就这两天给你送过去……大胖如释重负地长长出了口气，孙姐下边的话也不想听了，把手机朝沙发上一扔，抱着刘文革转了几个圈，高声笑着叫着，咱闺女的北京户口办好了，咱闺女是纯北京人了！

刘京生听到妈妈的叫声，从卧室跑出来。大胖又抱起女儿狂吻了一阵，闺女你有北京户口了，纯北京人了。

不知为什么，刘京生高兴不起来。也许是这个北京户口太沉重，也许是来得太迟。

大胖告诉刘京生，陈北阳嫉妒她，想使坏，让她不要和陈北阳再来往。刘京生开始不信，陈北阳毕竟是她相处十几年的姐妹。大胖说你傻呀，一个指标，给了你就没她的份，给了她就没你的份。大胖给女儿讲了一个故事。过去，有一群知青下放到他们老家，大家都是城里来的，同是天涯沦落人，又都吃住劳动在一起，感情处得像亲姐妹。后来开始在知青中招工了，但招工名额少，他们就撕破了脸，勾心斗角。有一个女知青，举报同宿舍的另一个女知青偷听敌台广播，结果，同宿舍的那个女知青跳河自杀了……

刘京生回到卧室里，打开电脑上了网，见陈北阳正在网上找她，

就给陈北阳发了个短信，我没想到你陈北阳这么恶心，背后捣鬼。陈
北阳说我捣鬼也没给你捣鬼，你说这话不怕闪舌头。刘京生说做亏心
事的人，肯定先吃大亏……两人唇枪舌剑，你来我往地吵了一阵，但
都没提北京户口那个敏感的词句。最后，两人同时表示绝交。

刘京生和陈北阳上个礼拜约好，这个周末一起去看电影。她已经
买好了电影票。她每次和陈北阳一起玩，不管是去郊游还是看电影、
去网吧、吃饭，都是她买单。她从网上下来后，拿出电影票，三把两
下就扯碎了。

到了第三天下午，陈开阳果然去官园批发市场找大胖，把户口本
给了她。大胖看着户口本上女儿的名字，高兴地捧着亲了几下。她刚
从孙姐那里领到一千元工资，毫不犹豫地抽出五张给了陈开阳。她向
孙姐请了个假，兴冲冲地回了家，路上给刘文革打了个电话，让他也
早点回家，晚上得给女儿好好庆祝庆祝。这一段时间，都快急疯了。

刘文革放下大胖的电话，安排了一下工作就下了楼。开始，他还
想去坐公交车，走着走着，却撒腿狂奔。大街上人来车往，有的司机
停下车骂他疯子，有的行人一边躲他一边骂他傻×。他一直跑得大汗
淋漓，一直跑得气喘吁吁，一直跑得跑不动了，上电梯时身子左右摇
晃站不稳。电梯工惊奇地看着他，还没到饭时，你就喝多了？

这天晚上是刘文革一家三口最得意的一晚，最兴奋的一晚，最激
动的一晚。刘文革破例地让女儿喝了一杯红酒。大胖更是忘乎所以。
她一会儿哭，一会儿笑，好像全天下的好事都让她沾上了。她说，闺
女，你明天就把户口本拿学校给老师同学看看，你是北京人，真正的
北京人。刘京生不同意。她的同学过去不知道她没有北京户口。她不

想让他们知道自己的北京户口是爸爸妈妈花了三十万买的。

　　上床后，刘文革一改前些日子的性欲寡淡，突然兴致勃发，一晚上和大胖做了三次爱，而且越做越有劲。大胖说你弄死我了。

<h2 style="text-align:center">八</h2>

　　第二天是周末，刘京生打算去找陈北阳好好谈一谈。她对大胖说，这一个指标让我摊上了，陈北阳肯定很痛苦。这个时候，我得去看看她。

　　大胖开始不同意。刘文革却坚决支持。刘文革说咱孩子长大了，懂事了。她做这样的事咱当大人的得支持。大胖说那个破地方，咱闺女去了我不放心。再说，你也没车送她，来回倒车得倒个七八趟。她提出和刘京生一起去，刘京生撅着嘴说你要去我就不去。她要打出租车送女儿，刘京生也不愿意。没办法，她只好把女儿送上了公交车，再三叮嘱女儿早点回来。

　　刘京生十多年没到北五环外那个村子去过了。从高速公路的辅路下了公交车，纵横交错的高架桥，排成一条长龙似的公交车队，这儿一辆那儿一辆乱停乱放的大车、小车、出租车、摩的，以及如潮水般涌进涌出的人流，让她感到眼花缭乱。密密麻麻的高楼，犹如钢筋水泥森林，让空间变得狭窄而拥挤。她四下转了几圈，找不到去那个村子的路。几个出租车司机、摩的司机见她东张西望，纷纷围上前来招呼她上车，还有的直截了当去拉她的手。她像躲瘟病一样，赶忙躲到一家小杂货铺里。杂货铺的老板娘挺热情，一听她提到那个村子，眼里露出惊讶，闺女，你住那地方呀？刘京生摇摇头，回答是看亲戚。

老板娘说那地方不通公交车，得走半小时，两边在施工，路上车多，不好走。

刘京生顺着老板娘指的方向，穿过一片楼群，果然是一条狭窄的柏油路，两边正在盖高楼，工地一个挨着一个，路上拉水、拉石料、拉水泥、拉钢筋的大车，远道而来的运煤车、运菜车，以及严重超载、人挤人的电动三轮车，争先恐后，互不相让，挤得水泄不通。坑坑洼洼的路面上，这一处积水，那一片汪洋，没走多远，她的鞋子就沾满了泥巴，裙子下边的白袜子也变成了黑袜子。她心里感叹，如果爸爸妈妈不是十几年前搬到城里，自己都不知有没有信心在这里生活。这还是首都北京，城乡差别就像小葱拌豆腐——一清二白，老家的情况就不言而喻了，真的要回老家读书，能坚持多久？

村子里的情况更糟，虽然路上铺了水泥，但高高低低、大大小小的胡乱搭建的房子挤占了道路，有的人家还把车停在了路上，使村子变小了。稍宽的一条路上全是摆地摊的，有小百货、杂品、旧书报、DVD，还有烧饼鸡蛋、水果西瓜，还有修理自行车、补鞋的，应有尽有，形形色色。操着天南海北口音的叫卖声夹杂着一些人家房子里传出的音乐声，让整个村子显得杂乱无章，一片混沌。刘京生问了十几个人才找到陈北阳家。

陈北阳家还住在刘京生出生时两家一同住过的老院子里，与那时不同的是房东又在院子里盖了几间低矮的小房子，多住进了两家人。一个正在院子里晾衣服的女人听说她找陈北阳，朝一间小房子指了指。刘京生犹豫了一会儿才敲门。

门开了一条缝，扑鼻而来的是一股浓浓的香水味。这种香水味她在陈北阳身上闻到过，因此断定这就是陈北阳的家。果然，随着门慢慢地、不情愿地打开，露出的是陈北阳略带疲惫的脸蛋。陈北阳说你不是和我绝交了吗，来访贫问苦？

刘京生四下看了一眼。这间小屋里放了一张小床和一张小方桌，只剩下勉强能过人的通向里屋的空间。小屋子经过女主人的精心装饰，顶部用一块蓝色的布当做天花板，仿佛一片晴朗的蓝天，四面墙壁上贴的则是从挂历上剪下来的山水、花卉等图案，好像一座小花园，小小的房间显得温馨浪漫。陈北阳刚从床上爬起来，还没来得及收拾。她没有一丝一毫难为情，理直气壮地说，这就是被那些官员文人称为"农民工二代"的生活，不好意思让你看到了。

刘京生说真的挺好的。北阳，没想到你还很有创意。我在你博客上看过你做的动漫，很好。

陈北阳心情烦闷，思想压力比较重的时候，喜欢去网吧上网，和网友聊到不想用文字表达的话，就用漫画替代。城北有一个交通枢纽设计不太科学，她勾勒出几条乱麻一样的线，线的四周密密麻麻的小点点代表行人，小方块代表来往的车辆，人、车争道的场景惟妙惟肖。刘京生当时看了，就称赞她的设计寓意深刻。刘北阳刚才那句话，让陈北阳对她的敌意淡化了一些。陈北阳说你讽刺我？我连电脑也没有，上网都得跑几里路，还设计、创意呢。刘京生说市里在搞青少年动漫比赛，要不，你也报名吧！

陈北阳说我读完今年就没学上了，搞那个玩意儿又不是工作，有啥用？

刘京生一愣，怎么啦，你不参加中考？

　　　　这三条路对住在这个村子的农民工后代来说，没有一条行得通。


　　陈北阳掀开床头上一只纸箱上铺着的报纸，取出鼓鼓的书包扔在地上，我都懒得看书了。在北京没户口没钱上不了，回老家也回不去，还能怎么样？她说着，眼圈红了。

　　刘京生本来是想找陈北阳好好谈一谈，毕竟陈北阳把北京户口指标让给了自己，说明她够姐妹。如果陈北阳有困难，她愿意帮助她。到了这时候，她又觉得提户口的事只能让陈北阳更伤心。她从包里掏出一个新 U 盘，北阳，你在网吧上网，有些资料要下载，这个我没用过，送给你吧！陈北阳接过来，放进书包里。刘京生问她，住这儿的我们老乡里，和你我一样今年初中毕业的有不少人吧？陈北阳想也没想，脱口而出地回答说总共十七个，有九个已经回老家了。他们有的爷爷奶奶健在，有的大爷叔叔或姑舅姨在家，回去有人照顾。刘京生问他们自己愿意回去吗？陈北阳反问一句，换你你愿意吗？不是走投无路谁朝坑里跳？

　　接着，陈北阳又给刘京生说了留下来、打死也不回老家的八个人的情况。摆在他们面前的路子有三条，一条是留在北京上民办高中、职高、技校，一年需要几万元；一条是在北京的中学"借读"，普通中学交几万，重点中学得十几万；一条是出国，外语要过关，花的钱更多。这三条路对住在这个村子的农民工后代来说，没有一条行得通。她说有两个已经不去学校了，说是要个初中毕业证没啥劲。你还记得和肖祥同年的张杰吗？他当年初中也没上完就在社会上混，现在是百万富翁了。咱这儿的男孩都敬佩他不敬佩肖祥，说肖祥白白多在学校囚了几年。

　　话不能这样说。刘京生说，往后走着看，高学历的总会比低学历、没文化的好找工作。陈北阳连连摇头，不屑一顾地说，找什么样的工作？当公务员，又能挣几个屁钱？河南人在这片儿能有出头之日，是张杰打出来的。

这个北五环外的村子，在刘京生出生时已经住了十几个省来的农民工，比七省办事处的北太平庄还多了十个省。争房子（租房）、争铺子（摊位）、争位子（工作）、争票子（收入）、争妻子（青年人恋爱）成了家常便饭，甚至为了抢占公共厕所的茅坑也大打出手。市、区、街道办事处领导多次到这里调研，有关部门也多次整治，好了一段时间，又变坏了。教育是这里的头等问题。近万人拥挤在一个过去只有一千多人的村里，一所小学远远不能满足需求。陈北阳六岁半那年没能入学，七岁半才入了学。刘京生爸爸妈妈主要是从孩子教育的角度考虑才搬走的。陈北阳的爸爸和刘京生的爸爸那一代，都是在农村长大的，身上还保留着农民质朴的品格，苦也好难也好，打也好闹也好，还能忍耐着往下过。而到了"80后"一代，观念变了，追求变了，我的利益就是我的利益，你他妈凭什么占我的便宜？张杰就在这种情形下脱颖而出，成了一匹黑马。他带着一帮同是外来人口的小兄弟，逢山开路，遇水架桥，硬是把河南人的威风打了出来。陈北阳对刘京生说，我以后打算跟张杰混了。刘京生问你不怕风险？陈北阳说那你给我指条路！又说，张杰要是没有女朋友，我会嫁给他！

陈北阳取出电热水壶，插上电源烧开水，然后到院子里洗脸刷牙去了。刘京生在床上坐了一会儿，觉得有点热，屋子里没有空调，也没看见电风扇。她从床头的箱子上顺手拿下一本旧杂志，想扇风降温，杂志里掉下一个小塑料包，她捡起一看，吓了一跳，原来是避孕套。

刘京生问什么是黑车？陈北阳和开车的小伙子都笑了。

这个陈北阳怎么用上这东西了？她赶忙把避孕套放回杂志里，把杂志又放回到箱子上。此刻，她一心想赶快逃离这间小屋这个村子。

陈北阳洗漱回来，水已开了，她从里屋拿出一包方便面，正要拆包装，刘京生拦住了她。北阳，我请你吃饭吧。陈北阳也没推辞，和刘京生一起出了门。刘京生说，我听我爸我妈说，这里有个老孙家羊肉面是地道咱老家的味儿，还有吗？陈北阳点点头，不如过去了，面少给一半，汤也不是老汤，听说要不是老乡们劝，张杰早把它砸了。

两人在老孙家吃完了饭，陈北阳说送送她。出了村，刘京生一看公路上的泥巴更多，不由皱了皱眉头。陈北阳让她站在干净的地方等一会儿，然后走到一辆黑色桑塔纳车前。刘京生不知她对开车的小伙子说了几句什么，那小伙子笑逐颜开地开了车门让她上了车，然后把车开到刘京生跟前。刘京生上车后，陈北阳对她说，这是咱老乡，开黑车的，义务送咱俩到公交站。刘京生问什么是黑车？陈北阳和开车的小伙子都笑了。

刘京生上了公交车，长长地出了一口气。她心里越发感激爸爸妈妈。

## 九

明天就要中考报名了，大胖把写着刘京生名字的北京户口本装进了女儿的书包里，再三叮嘱：报了名别忘了把户口本带回来。刘京生有点不耐烦，但没有像过去顶撞妈妈，只是冲妈妈扮了个鬼脸。

正在这时，门铃声响了。刘京生叫着爸爸，抢着去开门。然而，出现在她面前的是一男一女两名警察，让她大吃一惊。

小朋友，你叫刘京生吧？女警察亲切地问，拍了拍她的脸蛋，这孩子长得真漂亮！

大胖见是警察，愣了一下。天哪，是不是刘文革在外边闯下了祸？她招呼两个警察在沙发上坐下，又要去泡茶，被女警察拉住了。大姐你别忙了，我们来核实个情况。

什么情况？大胖紧张得两只手不知往哪儿放。她把女儿紧紧地抱在怀里，感觉到女儿的身子也在抖。

女警察拿出一张照片，举到大胖眼前让她看。大姐，这个人你认识吗？大胖一看是刘处长，脱口而出地回答，认识，这不是刘处长吗？

女警察和男警察相视一笑。女警察说他不是什么处长，是个屡次作案的诈骗犯。

大胖听了，像是挨了重重一棒，惨叫一声，身子一歪，瘫坐在地板上。她已经想到自己被骗了，只是不愿从警察口中听到残酷无情的字眼。刘京生没有妈妈想得那么深，一边去拉妈妈，一边生气地对女警察说，他是骗子你们去抓他呀，别吓唬我妈！

女警察看了刘京生一眼，和男警察低声嘀咕了几句，然后对大胖说，大姐，我们能和你单独谈谈吗？

大胖明白女警察是怕刘京生受刺激，于是点点头同意了。她把刘京生拉到卧室里，对她说，闺女，你老老实实地在屋里待着，妈不叫你不要出来。刘京生不解，为什么呀？大胖说了句听话，然后把门带上了。她回到客厅里，对女警察说，同志你说吧。

女警察举着照片问她，这个人是不是答应给你女儿办北京户口？大胖点了点头。她心想，我们是按你们公安局的规定花钱办的户口，有什么错？他是骗子，我们不是骗子，一分钱没少给。

女警察又问，他要了你们多少钱？大胖觉得自己理直气壮，所以毫不迟疑地回答，他说政策规定要三十万，我们就给了他三十万。我亲手给的。说完，她又反问女警察，这不是你们公安局的规定吗？

女警察一脸无可奈何，男警察却偷偷笑了笑。笑罢，说大姐你怎么也不打听打听，北京什么时候明码标价卖户口了？

咦……大胖尖叫一声，俺光知道干苦力活、凭良心年年在北京交税。说完，又问：那你是不是说我们被骗了？她眼冒金星，急忙到女儿卧室取出户口本递给女警察，你们看看，这上边可是有你们公安局的大印！

女警察接过户口本看了一眼，又交给了男警察。男警察看后，正要往包里装，被大胖一把抢了下来。她说我女儿明天要用户口本，你拿走了她怎么用？女警察指着户口本说，大姐，这户口本是假的。北京市的户口本封面印的是"居民户口簿"，里边的公章是户籍专用章，你仔细看看，这户口簿封面上的字和里边盖的公章是不是和我说的一样。

大胖已经多次翻过那本户口本，里边有几道格子她都知道。她用疑惑的目光又看了一遍，果然如女警察所说，封面上的字和里边的公章与女警察说的不一样。她的手一阵哆嗦，户口本掉在地上，她觉得自己的心也掉了。

大姐，这个骗子骗的不是你一家，我们初步掌握他骗了七八家，女警察说。大胖问那个姓刘的在哪里？男警察回答说这种人能上哪去？已经刑事拘留了。大胖憋得通红的脸此刻已经变青，很快又变得苍白。

她大吼一声，我要撕了他，我要撕了他！跳起来就要向外跑。女警察拉住了她，劝导说，大姐，你先冷静一下，犯罪分子有法律制裁，现在你要积极和我们配合，说清他的犯罪事实。刘京生也上前抱住了大胖，泣不成声地说，妈，你别吓我。

刘京生在卧室里坐卧不安，她支着耳朵听着客厅里妈妈和警察的谈话。她的脑袋一下子涨大了，心跳也加快了，双腿一软，身子顺着门板滑溜到地上。听到大胖高喊着要找姓刘的算账，她才冲出来抱住了妈妈。

大胖被女警察和女儿拦住后，整个人都像崩溃了。她哭她叫她骂，躺在地上打着滚，跑到阳台上要跳楼，甚至冲进厨房里拿菜刀，凡是一个女人在疯狂时能使出的招儿，毫无保留地都使了出来。女警察和男警察一左一右地护着她，劝她，刘京生抱着她的腿哭。大胖挣扎着，还要向外冲，被从外边进来的刘文革拦住。

原来，刘京生心里放不下妈妈，就在卧室里偷偷给刘文革打了个电话。刘文革听说有警察登门，也觉得惊奇。虽说自己参与了分局会议中心装潢装修的招标，一般情况下，业主是要到投标单位考察，不会到家里。他匆忙打了一辆的士往家赶。大胖一见老公回来，扑到他怀里一声嚎叫，突然昏了过去。

刘文革把大胖抱到床上，安顿好以后才回到客厅。那两个警察又把情况向他作了介绍。虽然他很震惊、很愤怒，但是强忍着没有发作。警察让刘文革在笔录上签了字，说还会请他们到队里进一步核实情况，临走又拿走了写着刘京生名字的假户口本。刘文革送警察回来，才突然发现女儿刘京生在卫生间里时间长了。他敲门，没有应声。他叫了几遍女儿的名字，也没有回答。他急了，正要强行开门，门开了，女儿站在了他面前。他仔细看了女儿一眼，尽管女儿神态自若，但他从女儿不敢正视他的目光中，发现了凄婉、忧伤和愁绪。他情不自禁地把女儿紧紧抱在怀中。

爸，我去给妈妈说吧，我回老家上高中。刘京生说，我可以住校。看了陈北阳的生活，我想我也能吃苦。刘文革抚摸着女儿的头说，那不行，万一你高考落榜，你妈妈连命都会舍了。爸爸再给你想办法。

两人默默地进了卧室。大胖已经醒来，正坐在床上鼻涕一把泪一把地哭，一边哭一边骂，骂姓刘的骗子，骂陈开阳，连孙姐也捎上了。当然，她没有忘了骂北京的户籍政策、学籍政策。刘文革一张一张地给她递纸巾，让她擦鼻涕擦泪。刘京生懂事地跪在她身后，轻轻地为她捶背。一家三口人陷入了极度的悲愤之中……

十

刘文革眼下还有一条路，就是送孩子出国。

刘京生已经不愿再在北京读书了，理由很简单，借读又得花一笔钱，高中毕业还得回老家参加高考，她没有把握考好。刘文革和大胖不敢再为女儿拿主意，更不敢勉强女儿。但是，他们也不敢把女儿送回老家。马老师就给他们指了这条路。

出国上学也需要钱。刘文革和大胖愁肠百结，几近绝望。好在刘文革参与分局会议中心装潢装修工程中了标，工程结束后有了一笔收入，才得以为刘京生办了出国留学的手续。刘京生外语成绩好，只一次考试就通过了，顺利地拿到了国外一所学校的录取通知。可是，她心里不好受，一连哭了几个晚上。她本来想去和陈北阳告别，想想又忍住了。

刘京生出国一个月后，马老师收到了她从异国他乡发来的邮件。她在邮件中说，我怎么也想不明白，外国都对我们这些学子敞开大门欢迎，为什么北京作为我们自己的首都，我们居住了十几年的家，却把我们无情地拒之门外？

马老师觉得眼睛发热，还没来得及取出纸巾，两滴豆粒大的泪珠就落在了电脑键盘上。她擦干了泪水，给刘京生写了回信。她在最后说，孩子，请你相信，这种局面很快就会改变。

刘京生收到马老师的邮件，回了一个表情符号。马老师在网上看到过那个符号，是个很复杂的符号，既可以表示疑问，又可以表示惊奇，还可以表示悲愤。她不知刘京生究竟想表达什么样的感情……

附：本稿成稿后的 6 月 18 日（离成稿仅 12 天），《北京青年报》报道，朝阳区人民法院以诈骗罪判处秦某有期徒刑 12 年。秦某所犯罪行是以能给外地学生办北京户口，在京参加高考为名，骗取 48 名外地生百余万元……呜呼，又是北京户口！

原载《星火》2010 年第 6 期

《中华文学选刊》2011 年第 2 期选载

《红旗文摘》2011 年第 2 期选载

# 胡老板进京

外地老板进北京
请客送礼泡明星
从里到外都掏空
一觉醒来方知梦

## 一

许多多是被胡河南的电话吵醒的。人虽然醒了，嗓子还没醒，懒懒地说，胡老板，这么早？胡老板在电话里不满意地嚷嚷，什么胡老板，叫胡哥，哥。许多多嗓子还没开，声音虽然不像平常那样甜，但有点乖：胡哥，什么事？

胡河南像命令他的跟班，生硬地说，我今晚要一号厅。你帮我订下来。

许多多犹豫了一下，胡哥，一号厅已经被人订了。

胡河南说，那我不管。反正这事你得帮我搞定。我现在已经在机场，下午四点就到北京了。

许多多说，哥，这事有点难。人家定金都交了，票也开了。再说……

胡河南有点儿急了，我加倍……

许多多有点不高兴地说，哥，人家也不差钱。她边说边钻进卫生间。哥呀，你怎么非得要一号厅呢？

胡河南说，你就说帮不帮哥这个忙吧？

许多多说，哥，我试试。

放下电话，胡河南走向登机口。许多多的声音让他的心动了一下。他听得出来，许多多声音很乖，还没起床，女人这个时候是最真实的。真实的许多多愿意帮他拿下一号厅，说明她真的把他当成了朋友。胡河南有一种被人认同的成功感，尤其是被许多多这种见过世面的漂亮女孩认同。

胡河南要订的一号厅是位于北京东三环边上一家京城餐饮名店的头牌套间，对外也叫国宾厅。在很多人看来，国宾比贵宾要高一个等级。因此，一些酒店、宾馆甚至茶社、歌厅都设国宾厅。胡河南要订的这个国宾厅占了二层一半的面积，宽敞到无法再宽敞，豪华到看不出豪华。负责一号厅的楼面经理许多多经常对重要客人说，厅里的名人字画都是真迹，值好几千万。最重要的，一号厅是一种象征，既不

　　　　那时她的身份是歌手，是客人邀请来陪客吃饭加
　唱歌的。

是谁有钱就能订，也不是谁想订就能订。但胡河南能订，远在几千里外的海岛市，一个电话就搞定了。因为他有许多多。

　　许多多是酒店的楼面经理，掌握着一号厅这个稀缺的硬件，加上她手中丰厚的人脉，因此广受追捧。她是一所艺术院校成人班的本科生，毕业后既没去竞争那些把中国话说得像外国话的外企，也没去挤公务员这座独木桥。她向往那种相对自由，同时收入又不低的职业。她还没毕业时就常跟朋友到这里吃饭。那时她的身份是歌手，是客人邀请来陪客吃饭加唱歌的。这种事情在京城一些名店不足为奇。毕业后，她经一个朋友介绍进了这家酒店。她一开始做领班。但没过多久，她的公关才能就显现出来，很快就升至楼面经理，而且负责一号厅。她把一号厅打造成了自己建立人脉关系的平台。原先出入一号厅的多是带着些浓妆艳抹的小姐的商人，许多多要改变这种铜臭气和世俗气，她向老板建议，并自愿两个月不领工资，让一号厅择客而待。果然，两个月后一号厅成了地位的象征，出入一号厅的变成了器宇轩昂举止高贵的官员，在后面一脸贱笑地跟着的是那些财大气粗的商人。

　　实现了一号厅的成功转型，只是许多多计划的第一步。第二步就是让一号厅变成顾客热烈追捧的对象。实现这一目标的关键，是许多多手里掌握了丰富的配套资源。许多多的配套资源就是文艺，确切地说是文艺女孩——她的同学、加上她同学的同学、同学的朋友。京城的艺术院校和文艺团体多如草原上的牛，那些青春靓丽气质脱俗的女学生和女演员更是多如牛毛。这些女孩和一号厅一嫁接，一号厅就火了，那些女孩也就火了。一号厅成了客人们欲罢不能找理由也要来的地方。胡河南第一次在一号厅吃饭，私下说这不是唱堂会吗?! 许多多

说就是唱堂会，高级堂会。

一上班，许多多就吩咐领班，一号厅换客人了。领班说安徽的李老板今晚要请几位局长，三天前就订了。许多多笑了，局长没有部长大，推了。李老板那边我给他说。刚安排完，许多多就接到了胡河南的电话：多妹，我到了，住老地方老房间老……

许多多打断他的话，还有老秘书是吧？

两个人在电话里笑了一阵子。

胡河南住的宾馆离许多多的酒店不远，步行也就三分钟。许多多到时，胡河南正在吃桶装方便面。他三五口巴拉进了嘴里，抬起头看看许多多。许多多平静地看着他。胡河南正要抹嘴的手停下来，接过了许多多递给他的纸巾。胡河南笑笑，他觉得自己亏欠许多多很多，就像她的名字，许多许多。他自己都不知道和许多多是怎样从顾客变成朋友的，但有一点他很清楚，他没在许多多这个漂亮精明的女孩身上花过一分钱，这令他忐忑，也令他奇怪。许多多不缺钱，她手上的资源早就为她在东四环边上的阳光上东换来了一套一百五十平米的大三居。胡河南掏出烟，看了看许多多，又把烟收回去。许多多嗤之以鼻，别装了，抽吧。

点着了烟，胡河南在烟雾后面眯着眼说，多多，那个事……

许多多说，那个事你别想，我跟你说过了，别人动得，陈贝贝你动不得。胡河南说，我不动她，我不是要动她，没她我请不来邹老。许多多笑了，胡哥，不吃腥的就不是猫，你要是不想死得惨，就别打陈贝贝的主意。贝贝是老爷子的干女儿。胡河南愣了一下，问，什么时候成了干女儿？许多多说，前天晚上认的，就在一号厅，我做的证

许多多嘴上说，哥，这没必要吧！手却已经伸出
去接了过来。



人。胡河南说那我就更得找陈贝贝了。许多多嘲笑，你是要做老爷子
的干女婿？到时候你不光死得惨，还死得难看。胡河南不接茬，站起
身说，多多，哥求你，你的恩情哥会好好报答的。说着，他打开手提
包，取出一个小巧玲珑、装饰豪华的四方盒子，双手递给许多多。许
多多嘴上说，哥，这没必要吧！手却已经伸出去接了过来。那样的礼
品她不止一次收过，里边放的东西价值她也十分清楚。所以，她并没
有打开，而是漫不经心地收了起来。

　　胡河南一大早在海岛市上飞机前就把一号厅订下来，并不指望着
晚上就能请到邹老，他要请的主角就是陈贝贝。胡河南知道许多多能
搞定陈贝贝。陈贝贝能在一号厅一炮走红，许多多是背后的推手和关
键人物。在陈贝贝对许多多的感激余温尚存时，让许多多出马请她是
最好的选择。果然，许多多一个电话，陈贝贝就答应见面了。

　　陈贝贝不是答应跟胡河南见面，是跟许多多。

　　接许多多电话的时候，陈贝贝刚洗完澡还没出卫生间。陈贝贝洗
澡花了很长时间，至少有一个小时。她这个习惯是第一次跟安徽的李
老板后养成的。李老板是煤老板，也是陈贝贝能够出道的恩人。可是
恩人归恩人，身子归身子，小巧而又丰润的陈贝贝看着自己的身子心
里都充满了骄傲和怜惜，李老板一个开煤矿的农民企业家无法让陈贝
贝不产生污浊的联想。可是她别无选择。她是那种识时务的女孩，明
白女人再好的身子也只是成本，她必须付出这个成本。于是就只能用
拼命冲洗来把心里的污浊感冲走。每次和李老板做完爱，她都要把自
己的身子冲洗一小时，仿佛要漂白。这次和李老板做完，她又洗了很
长时间。李老板正趴在外面的床上看电视。这是李老板的习惯。陈贝

贝接了许多多的电话，有了立刻离开李老板的借口。

坐在许多多的对面，陈贝贝的头发还是湿的。许多多看着她小巧生动令人怜爱的小脸打趣说，老李来了？陈贝贝点头，不满地说，在宾馆躺着呢，正好你的电话救了我。许多多伸手在陈贝贝的脸上拍了拍：可怜的孩子，你欠他的还得差不多了，下回离他远点。陈贝贝笑了笑，楚楚动人。许多多说，姐给你介绍个新朋友。陈贝贝摇头，你想累死我呀？其实，她的话里有话。在她所在圈子里有个潜规则，凡是介绍"朋友"给女孩的，要从中收取介绍费。陈贝贝开始时也接受这样的潜规则，给过介绍人好处。但是，随着她的身价提高，这样的潜规则对她也不灵了。

许多多说你想哪儿去了！这个人是只潜力股，是做房地产的，比老李斯文多了。陈贝贝说是吗？许多多说，你呀，不能跟着感觉走，要规划，比如邹老，邹老有的，正是那些老板们做梦都想要的，那些老板有的，也正是邹老不能给你的，所以，要懂得嫁接，规划。陈贝贝点点头，多姐，你是我老师，不，是导师。许多多刮了一下陈贝贝的鼻子，出不了半年，你就成我老师了。

晚上，陈贝贝准时走进了一号厅。

一号厅显出少有的轻松，只有胡河南许多多陈贝贝三个人。胡河南并没有像其他商人那样盯着陈贝贝生动的小脸和高耸的胸脯看，而是一边握手一边在她肩上拍拍，像一对兄妹。落座前，胡河南把许多多拉到落地窗前，把手中的钥匙摁了一下，楼下一辆神采奕奕的白色Q5眨了眨眼睛。胡河南把钥匙拍在许多多的手心里。许多多微微笑了笑，搂着胡河南拍了拍他的后背：哥们。

　　　　而且，按照圈内不成文的规矩，她不能随便给
客人留电话，私下联系，那样会犯忌讳。


　　一号厅金碧辉煌。

# 二

　　陈贝贝初到北京时没有一点儿名气，为了生计，一边跟着老师学声乐一边打工——在许多多这里当歌手。现在高档消费场所的歌手已经不同于简单的卖唱，没有那么辛酸，或者比那更辛酸。通常她们并不坐台，客人需要的时候由许多多电话通知。陈贝贝长得好，唱得好，嘴甜，渐渐地就有做东的主家提前点她，她如约出现在饭局上，成为饭局上的客人之一，这样一来她在席间的出现不显突兀，二来可以帮着主人活跃气氛。一开始，她的出场费也就三百元，给了许多多的提成，能落下个两百元。而且，按照圈内不成文的规矩，她不能随便给客人留电话，私下联系，那样会犯忌讳。现在不同了，她是某省电视台一个电视音乐大奖赛的银奖得主，又是某国家级歌剧团的签约独唱演员，出过唱片，拍过 DVD，网上一搜还会出现一串关于她的娱乐新闻，俨然成了歌坛一颗升起的新星，一报她的名字，大家就鼓掌，用不同的眼神盯着她。陈贝贝呢，自然就要放开嗓子献歌一首，或者是两首三首。饭局的气氛由此就轻松了，文艺了，高雅了，客人们这时就放下了架子，放纵些许粗鲁，老板们这时就藏起了尾巴和獠牙，表现出一点雅致。她现在唱一首歌是一千元钱，一晚上挣三、五千，而且高兴给哪个客人留电话就留。许多多也不再伸手向她要回扣，她高兴给就给。其实，她还可以走得更远些，比如有些唱堂会的学生或演员就跟着主家或客人走了，但陈贝贝不行，她不想走得那么远，也不能走得那么远，不是因为有资助她出道的李老板，是因为她

认识了邹老。

在认识邹老之前，陈贝贝是没有勇气离开李老板的。当初是李老板把她从皖南的大山里一步一步捧上了电视大奖赛，还给她淘换了个铜奖，然后又在她的软缠硬磨下帮她来到了北京上了成人学校。李老板毕竟是个土财主，虽然名字极其亮堂：李艳阳，但挣的却是地底下暗无天日的钱。陈贝贝来北京不光花钱成了常态让他肉疼，花花世界的诱惑和随时失控的可能也揪得他心疼。他能做的就是先不顾一切地把陈贝贝上了，并且使陈贝贝养成了洗澡一小时的习惯，然后再在钱上控制她。陈贝贝最早拜师的教授一个课时是一千五，李老板每次就给她一千六，剩下的一百元打车。她曾用心计算过，李老板每次来回花的机票钱都比给她的使用钱多。这让她觉得这就是她和李老板上一次床的价格，并且因此而郁闷和屈辱。这种屈辱感一直伴随着她。她甚至想过弄死李老板。直到她认识了许多多。

和胡河南许多多分开后，陈贝贝回到自己租的房子里。一个人躺在没有李老板煤灰味的床上，陈贝贝对李老板的心很矛盾，既有恨也存感激。没有李老板，她就没有许多多；没有许多多，她就没有邹老；没有邹老，她就没有著名的文艺团体专业演员的身份和金字招牌，也就没有可以预期的宽广而诱人的未来，甚至没有放在枕边的 LV 和包里的两万元钱。

枕边的 LV 和包里的两万元钱是晚上胡河南给她的。胡河南善解人意，直接给她垫了个台阶，说陈小姐现在是冉冉高升的新星，我胡河南现在结识你，是最佳时机，不然等陈小姐如日中天时再认识，成本就高了。胡河南的一句话，化解了直接给她送礼物的唐突，也让陈

　　贝贝不觉得有什么难堪。接下来许多多就直接进入了正题。许多多说，胡哥是海岛市数一数二的地产商，他找你，是想见邹老。陈贝贝明白了，胡河南是第二个求她请邹老的人，第一个是李老板。她不动声色地问，我能知道胡哥请邹老是什么事吗？胡河南说当然，你不光要知道是什么事，你还得帮着胡哥促成。许多多说，胡哥的意思，你要是帮着促成了，想要什么，尽管提。陈贝贝哑然一笑，她知道许多多这话既是帮胡河南，又是帮她要好处。但她并不想急于答应，只是淡淡地说了一句，老爷子不是那么好请的。

　　胡河南请邹老是想要海岛市靠海的一块地，那块地临海，有 1000 亩，盖了商品房能赚几个亿。许多地产商都盯上了。陈贝贝给自己留了后路，因为李老板李艳阳恰恰也是看上了这块地。李老板是安徽的煤老板，现在国家对煤矿管得严，他想转行干地产，第一单就看上了海岛市的这块地。李老板和胡河南急于找邹老，是因为邹老曾经在那个省当过官，他当年的秘书是现任海岛市市长。在李老板看来，只要邹老发话，那块地就板上钉钉了。陈贝贝善于把复杂的问题简单化，她知道，既然两位老板不约而同地为同一件事找自己，至少说明了她在这件事上的份量，她倾向于谁，就会为谁带来大得吓人的利益。那么这巨大的利益跟她是什么关系呢？陈贝贝的心嘣嘣乱跳起来。

　　放在床边的手机收到一条信息，陈贝贝看了一下，是胡河南：贝贝你好，很高兴认识你，今晚如有唐突之处，请见谅。晚安。陈贝贝笑笑，回了两个字：晚安。刚回完信息，另一个手机响了，她从包里拿出手机，是李老板。陈贝贝刚按下接听键，李老板就嚷嚷开了：贝贝，你晚上是不是去一号厅了？陈贝贝想了想，说，是啊。李老板说，本来我订好了一号厅，让许多多给退了。陈贝贝说，是吗？李老板说，晚上都是谁呀，来头这么大！陈贝贝含糊地说，也没谁，是，许多多的朋友吧。李老板说，哦，都是哪些朋友？什么路数的？陈贝贝装出倦态，嗲声说，哎呀，你就别再问了，人家明天一早还要坐几十里路的车去演出呢。

挂了电话，陈贝贝十分自责。她包里有三个手机，红色的手机是专用于李老板的，所以她和李老板在一起的时候，永远没有别人的电话打进来，这让李老板十分欣慰，相信她的忠诚。下午接到许多多的电话，就忘了及时关掉红手机，幸亏没别的事，不然……陈贝贝冷笑了一下，不然又怎样？正像许多多说的，她欠李老板的已经还得差不多了。一想起许多多，陈贝贝就躺不住了，许多多一直在帮她，虽然每次都要回报，毕竟是帮她。她不能确认她们之间是不是真的存在着友情。她能够确认的是，她儿时是有朋友的，是有过真正的友情的，只是这些年来友谊离她已经十分遥远了。从她开始唱歌以来，一直以利益来权衡人与人之间的关系，友谊渐渐变成了一个生疏的词。一种孤独感像雾一样把她包裹起来。她突然想和人说话，可是想了半天，能说话的人竟然只有许多多。

多多姐，你那里，有人吗？陈贝贝在电话里说。许多多说，有啊，怎么会没人呢？陈贝贝有点失望地说，哦。许多多说，傻瓜，我不就是人吗？什么事，说吧。陈贝贝说，没什么事，就想和你聊聊。许多多说，现在？陈贝贝说现在。

下了楼，凉风一吹，陈贝贝的孤独感散去了许多，她有点后悔深更半夜地去找许多多了。但是既然约好了，陈贝贝就不会改变，只不

身无分文的他还是凭着岳父的关系，从银行贷到
了款并飞快地盖起了房子。

过她倾诉的愿望已经不再强烈，而是要理智地把握眼前的机会，陈贝贝相信，许多多比她有经验。

其实陈贝贝打电话问许多多那里有没有人的时候，许多多骗了她。许多多那里确实有人，一个可以让她叫爹的男人。那个人不会在许多多那里过夜，那时正准备离开。没有人知道，许多多三十岁前是要和那个人在一起的，现在还差一年半。尽管没有书面合同，毕竟也是约定。这在大都市里已经不是新闻。

## 三

海岛市临海的那块地远在天边，按说与京城没什么关系。但自从有了房地产开发这个行业，所有的地产商无一不在摸高，开始时是在摸市里的关系，后来就飞快地就把高度抬升到了北京。北京犹如一株硕大无比的参天大树，根须牢牢地抓住了全中国的每一寸土地。为了那块地，海岛几个房地产大老板都在往北京跑着找关系。那块地很重要，不仅仅是赚钱，还有身份、名望、地位，胡河南十分明白其中的道理，所以他也来了，而且是志在必得。

胡河南从公务员的位置上辞职后，凭着岳父的关系在河南老家拿到了第一块地。身无分文的他还是凭着岳父的关系，从银行贷到了款并飞快地盖起了房子。到岳父安全退休时，他已经是老家首屈一指的地产商了。我是一条鱼，一条大鱼，但老家只是一碗水，我要到海里去。胡河南离开老家时说了这番话。

岳父安全地死去时，胡河南已经是海岛市声名显赫的地产商人了。胡河南深知，岳父安全地死了，对他是个巨大的利好，他所有的原始

积累从此也就安全了。他对因失去父亲痛不欲生的老婆说出自己的判断时，原以为老婆会骂他，谁知老婆竟破涕为笑，吹出了他所见过的最大的一个鼻涕泡：真的？真的安全了？他点点头，十分肯定地点点头：真的。老婆激动地扑上来，一把抱住了他，河南，河南啊，咱的钱谁也拿不走了，哦。

安全地失去了岳父的胡河南是底气十足地来到北京的，对通过陈贝贝打通邹老的关系他有充分的把握。从他几个月前见到陈贝贝起，他就对拿下陈贝贝充满信心。陈贝贝眼神里有一种和胡河南共通的东西，那就是自卑和茫然，别人看不出，胡河南一眼就看穿了。那种藏在眼睛深处的自卑是出身卑微的人所共有的，只需要犀利的动作就可以击穿，要么是犀利的利益，要么是犀利的打击。胡河南冷静地近乎残忍地解剖陈贝贝时也是在解剖自己，他发现只要击穿了陈贝贝，其实他们就相互俘获了。他摇摇头，想重新回到来京的目的上，但陈贝贝生动的小脸，结实丰润的身子和令人心颤的声音却挥之不去。

胡河南试图把脑子里的陈贝贝赶跑时，陈贝贝正在来宾馆找他的路上。后来胡河南把这称作心有灵犀。陈贝贝刚刚和李老板吵了架，吵得很激烈，后果很严重。李老板虽说经商十分精明，但骨子里却是个十足的粗人，他的眼睛除了利益攸关时闪着精明锐利的光芒外，通常是空洞茫然的，陈贝贝说那眼神像一只猿猴对着一群导弹。这句话成了吵架的导火索，李老板的瓜脸一下就沉下来，我是猿猴，我连人都不是，没有你在一号厅陪的秃头好看！陈贝贝说，你说什么呢，什么秃头？李老板说，什么秃头你心里清楚，昨天晚上一号厅就被那只秃头照得亮堂堂的。还骗我！被李老板知道了底细，陈贝贝有点急，

这种光鲜的生活正是她在山村时做梦都想要的，
真正得到了，心里却空得要命。

什么秃头，人家是平头，许多多的朋友。李老板说，许多多的朋友拉上你干嘛？男人跟女人能做朋友吗？陈贝贝说，你不相信我，你调查我？李老板说，要想人不知，除非己莫为。陈贝贝急了，老李你把话说清楚了，我做什么了？李老板说，你做什么你自己知道，昨天晚上你去哪儿了？陈贝贝说我去多多那儿了，哎老李，你是我什么人？我去哪儿你管得着吗？李老板说我管不着？我要不管你还在稻田里种地呢！陈贝贝说你有完没完，你占我的便宜还少啊？李老板冷笑一下，哼，老子在你身上花的是真金白银，你还给老子的是使不坏的皮肉，你不是也快活得嗷嗷叫唤！陈贝贝脱口而出，你是个流氓！李老板说流氓也不想戴绿帽子！陈贝贝拿起桌上的杯子摔在地上，转身离去。杯子在地上无声地跳了两下，竟然没碎。地毯很厚。

走出宾馆的大厅，陈贝贝的眼泪哗地流下来。她委屈极了。这种光鲜的生活正是她在山村时做梦都想要的，真正得到了，心里却空得要命，除了许多多，连个说话的人都没有。陈贝贝打了辆车，准备去找许多多。路上，她给许多多打了个电话，拨出号码时，她突然有一种期盼：许多多不要接她的电话。许多多果然没接。陈贝贝毫不犹豫地告诉司机：去昆仑饭店。

胡河南的思绪刚刚从陈贝贝身上回到自己拿地的计划上，房间的门铃响了。胡河南打开门，见是陈贝贝，意外极了。陈贝贝没说话，径直走进房间。在陈贝贝从身边走过的瞬间，胡河南清楚地嗅到了青春女孩所特有的体香，看到了陈贝贝眼角的泪痕。

胡河南递了张纸巾给陈贝贝，开玩笑地说，但见泪痕湿，不知心恨谁，怎么了贝贝？陈贝贝接过纸巾，迅速地掩在眼睛上，再次哭起来。胡河南有点手足无措，他十分清楚女人这个时候是最软弱的，软弱到近乎暗示，甚至近乎邀欢。但，他还是伸出手，轻轻抚了抚陈贝贝的头发。他发现陈贝贝的头发是湿的，心里犹豫了一下。陈贝贝把他的那只手抓住了，并顺着他的手，一路呜咽着把头靠在了他肩上。胡河南迟疑了一下，把陈贝贝的头揽在胸口。陈贝贝的泪水打湿了胡河南的衣服时，她抬起头，寻到了胡河南的嘴唇。胡河南脑子空了，没有地了，也没有计划了，他紧紧地抱着陈贝贝，驾轻就熟地把自己埋进她迷人的体香里。

陈贝贝的身子太好了，真是太好了。胡河南惊叹陈贝贝那精致到无以复加的身子竟然蕴含着那么汹涌的激情，爆发出那么澎湃的能量。陈贝贝一次次地把他唤起，又一次次地把他摧垮，整整一个下午，不言不语的两个人用身体把对方彻底俘获了。

天黑的时候，门铃像一位有教养的知性仆人，彬彬有礼地响了。胡河南抬起头，愣了一下，陈贝贝把他的头重又揽进自己的怀里。门铃响第二声的时候，胡河南起身。陈贝贝抢在胡河南的前面套着饭店的睡袍去开了门。是许多多。

许多多见了几乎半裸的陈贝贝顿时愣住了：你真在这儿？

陈贝贝骄傲地扬起脸，嗯哼，我在呢。陈贝贝还在兴奋中，面若桃花。

胡河南已经胡乱地套上衣服，尴尬地给许多多让座，倒水。陈贝贝旁若无人地依偎在胡河南身旁。

胡河南把水杯端给许多多，问，多多，你找贝贝？

许多多不知是尴尬还是不快，一边喝水一边说，有人找贝贝，电

她有一种被轻视，被冷落，被抛弃的感觉，这使
她无法压制住自己的不快。

话都打炸了，打不通，找到我那儿了。

胡河南看看陈贝贝，陈贝贝漫不经心地说，谁找我？不就是老
李吗！

许多多说，到外边去跟你说。

陈贝贝不出去，胡河南为了缓和气氛，张罗着一起吃饭。许多多
微微叹口气，起身向外走去。

去餐厅的路上，三个人都不说话。陈贝贝挽着胡河南，两人走路
有些发飘。

许多多努力调整着自己的情绪，陈贝贝如此迅速地和胡河南弄到
一起，她毫无思想准备，甚至不知道是好事还是坏事，但她预感到一
定会有事。还有，陈贝贝越过自己，直接上了胡河南的床，胡河南越
过自己，直接把陈贝贝弄上了床，多少都有点没把她放在眼里，她有
一种被轻视，被冷落，被抛弃的感觉，这使她无法压制住自己的不快。
不过许多多就是许多多，这种不快，被她一点一点地丢到了去餐厅的
路上，走进餐厅时，她又成了那个沉稳而又善解人意的许多多。

不在自己的酒店吃饭，许多多轻松了许多。胡河南举起酒杯在许
多多面前停了一下，一饮而尽：多多，胡哥给你赔罪。许多多笑了，
胡哥何罪之有啊？胡河南说，尽在不言中。

陈贝贝这时像个单纯的女孩，一边吃饭一边偎在胡河南身旁撒娇。
许多多看着陈贝贝，眼角禁不住湿了，心中涌出嫁女般的惆怅。她举
起酒杯，对胡河南说，哥，你要对我们贝贝好。胡河南也举起杯，跟
许多多碰了一下，一饮而尽：一定，一定。

陈贝贝对许多多说，多多姐，我爱上胡哥了。胡河南拍拍她的脑

袋，示意她吃饭。这一刻胡河南承认自己喜欢上陈贝贝了，但他无论如何也不愿使用爱这个幼稚而可笑的字眼，他和陈贝贝只能是好上了。好上了是一个可疑的词，既可以直解，也可以正解或曲解。

那天晚上，许多多和陈贝贝都喝多了。

第二天，胡河南派驻北京的秘书开回了一辆崭新的，神采奕奕的红宝马。买车的时候秘书在电话里问，是买318还是320，胡河南说325。秘书说，325比318贵十来万呢。胡河南说，就325。

宝马真红啊，是鲜红，是火红，是激情的血液般的红。陈贝贝围着红宝马转了好几圈，问胡河南，真是给我的？胡河南点头。陈贝贝再转几圈，问，真的给我？胡河南含笑点头。陈贝贝打开车门，又关上，再打开，再关，车门关闭的声音像一个骑在马上的贵族，激情而又绅士，比乐队的低音鼓还要动听。她再次问胡河南，你确认给我了？胡河南咧开嘴，在她鼻子上刮了一下。娇小的陈贝贝一下子把庞大的胡河南抱了起来。

## 四

许多多刚上班，就看见了桌上的纸袋。她打开纸袋，发现了里面的两万元钱。许多多想起来了，昨天晚上她从胡河南那里喝了酒，晕晕乎乎地回到了位于酒店自己的办公室，李老板正坐在办公室里等她。这个纸袋就是李老板给她的。许多多拿着纸袋出神的时候，李老板的瓜脸出现在门口。

李老板，你这是什么意思？你是我的客人，需要订桌你给前台打个电话就行，用不着把现金放我这儿呀。许多多对着那张瓜脸说。

李老板赶紧赔笑，哎呀多多妹子，这是我感谢你的，不成敬意，
不成敬意。

许多多笑笑，我一无职二无权，你怎么能谢我呢？

李老板苦着那张瓜脸说，哎呀我就跟你直说了吧，我是求你帮我
劝劝贝贝，昨天是我不好，让她回来吧。

许多多说，你昨天给我打了电话，我就到处找她，我也不知道她
在哪儿。

李老板着急了，他一着急就喝水，咕咚咕咚的往肚里灌，充分彰
显了农民本色。许多多看着他，突然灵光一现，一个主意渐渐成型了。

李老板喝完了水，就背着手在屋里转，一圈一圈的，然后在窗前
漫无目地往外看，然后再转，周而复始。许多多觉得好笑，李老板
就像一个孩子面对自己失手点燃的一场大火，既想勇救烈焰，又力不
从心手足无措。许多多怜悯地想，你干嘛要点燃这堆火呢。她站起身，
把那个纸袋放在李老板手上。

李老板像被烫了手，身子一跳，不要不要不要，多多，我真的不
能要，这是我求你帮我的，不要不要。李老板一着急，把皖南普通话
丢了，变成了极富音乐感的家乡土话。

许多多乐了，把纸袋放回到桌子上，自己坐回到办公桌前那张精
致的皮椅上。许多多说，李老板这么着急找贝贝，不光是因为感情吧？

李老板的瓜脸上一脸的诚恳，说，多多呀，贝贝要是出点什么事，
我怎么向她爹妈交代呀！

许多多不紧不慢地说，你对贝贝做的事，能跟她爸妈交代吗？

李老板红着脸，说，那，那是她甘心情愿的。

许多多说，那就算了，你就放心吧，贝贝出不了比你更大的事。

李老板着急了，说，不是，你听我说……

许多多说，我还忙着呢，刚上班，楼层的几十个服务员例会都没开。说着起身就要离开。

李老板拉住她，说，我跟你说了吧，我不是让贝贝帮着我找邹老拿地吗？现在我连她的人都找不到，我这大事就耽误了。

许多多笑了，重又坐回到椅子上，说，那你还是为了拿地。李老板，你要是真想让我帮你，就别跟我绕圈子。邹老要真出面帮你拿那块地，你转手就赚几个亿，这可不是仨瓜俩枣的就能打发的。

所以呀，李老板说，所以我才着急找她。

许多多看了看李老板，你到底是要找你的贝贝呢，还是要拿地呢？鱼和熊掌不能兼得啊！

李老板说，这还用说吗，找贝贝，找到贝贝才能拿到地。

那你最终还是要地，是吗？许多多问。

李老板点点头，是。

许多多起身，盯着李老板，那你告诉我，拿地你准备花多少钱？

李老板难住了，他真没想过为了拿地付多少钱，在他看来，花钱是肯定的，天下哪有不花钱就能成事的？他在老家开的那个煤矿，就是用钱一级一级一层一层打点出来的，就是用钱堆的。他看看许多多，许多多也正盯着他，等他回答。他说不出来，真的说不出来，就又在屋子里转起圈来。

许多多这回真的要出去了，她是个敬业的人，这是她的习惯，也是她的品格，再有事也不会耽误工作。走到门口，她回过身来，对愣

在那里的李老板说，贝贝我帮你找着，我刚说的话，你再考虑考虑，
你是要拿地，这是你的目标，从这儿去天安门广场，有好多条路能走，
你要是想上吊，也不一定非得认准了一棵树。是吧李老板？拜。

许多多走了，把李老板一个人扔在办公室里。那只装了两万元的
纸袋，昨天晚上放在桌上时还神气活现的，现在变得无精打采了。李
老板又喝起水来。他刚端起水杯，许多多又回来了。许多多没进门，
站在门口说，刚才忘了，想拿那块地的不是你一个，光是我知道的至
少还有一个，出手很大。

李老板颓然坐在沙发上，杯子里的水撒了一身。

李老板木着一张瓜脸在许多多的办公室里发呆的时候，陈贝贝正
躺在胡河南的臂弯里。经过半天零一夜的折腾，陈贝贝充分地史无前
例地享受到了以身体为代表的青春，真是美好，美好极了。胡河南不
是李老板，陈贝贝确信李老板家族的基因是有问题的，不光是身上乏
善可陈，瓜脸就更不用说了，做那事也不行。李老板做那事像刨地，
像耕地，吭哧吭哧几下就喘上了，然后就瞪着一双牛眼，嗷嗷地泄，
一堆黑肉就摊在床上了。胡河南完全不同，胡河南驱动着她，一次一
次地把她摧上了天，把她打入了深渊，再缓缓地急促地张弛有致地把
她捧上云端。像一支夜曲，一曲大歌，像华丽的舞蹈，像潺潺流水江
河浩荡直让人欲死欲生。他。陈贝贝抬头看看胡河南，胡河南一双充
满爱意的眼睛和她相遇。她伸长了脖子去亲吻那双眼睛，胡河南的唇
也轻轻地吻着她的脖子。陈贝贝再一次酥了，把身子向上滑去，饱满
的双乳滑到了胡河南的唇边，被胡河南的嘴唇逮住了，陈贝贝叫一声，
哦，我的孩子！风摧荷塘，雨打芭蕉，天旋地转。

再一次风平浪静回到人间后，陈贝贝瘫软在床上。她确信自己爱上胡河南了。

胡河南点燃了一支烟，缓缓地抽着，身边陈贝贝玉体横陈。胡河南的烟雾幻若仙境。他承认自己确实是喜欢上陈贝贝了。他一直认为，爱，是自欺欺人的词，这个词的定义是有问题的，如果换成喜欢，那就实在得多，可信得多。他承认，喜欢比定义中的爱少了许多苛责，也少了许多束缚，他使用喜欢这个词就是因为这个原因。他轻轻地抚弄着陈贝贝的头发，陈贝贝二十二岁，他呢，比她整整大一倍，四十四。一想到年龄，胡河南渐渐回到现实中来，那块地，那块与沙滩相连与海浪相接的地清晰地回到了他的脑子里。

贝贝，他说。

陈贝贝脸上漾着笑意，没有应声。

宝贝，他说。

陈贝贝的头靠到他身上。脸上的笑绽开了。

胡河南把陈贝贝的头揽在胸前，轻轻地抚着她的身体，自言自语般地说起了那块地。在胡河南的叙说里，那块地有了归属，也有了生命。胡河南说，咱的那块地。

这时许多多已经安排好了工作上的事，也支走了李老板。她平静地坐在办公室里，脑子飞快地运算着。陈贝贝，胡河南，李老板，邹老，那个人，还有许多多，她把这些独立的单元排列，组合，相互作用，两利相权，两害相权，脑子渐渐清晰起来。

许多多发了个手机短信：提供打折机票，打扰致歉。这是她和那个人约好的见面暗号。一会儿，手机响了，那个人回电话了。许多多

可北京城林子太大了，水太深了，什么鸟进了这
林子也会不恋旧窝，什么鱼进了这深水也是一去不返。

说，你什么时候有空，找你商量个事。

## 五

　　李老板虽然长了一张瓜脸，但在生意上却是十分精明的。离开许
多多的办公室回到宾馆，他就一直琢磨着许多多话里的话。他知道许
多多和陈贝贝不一样，陈贝贝是做着明星梦，又用明星脸赚钱，对其
他事漠不关心。许多多却是个人精。人精是危险的，女人成了精就更
危险。这个站在陈贝贝背后的许多多不知道会给他造成什么麻烦。比
如，她会给陈贝贝当代言人，从他身上争取到更大的利益然后再和陈
贝贝分成。如果这样倒不是十分可怕，那块地一转手就是几个亿的利
润，比他吭哧吭哧暗无天日地刨煤强得多，相比之下许多多陈贝贝能
拿走的也就是九牛一毛。但许多多说想拿那块地的至少还有一个人，
并且出手很大，这就让李老板坐不住了，他成功的概率一下子就只剩
下了一半。可以肯定的是，如果那个人真的存在，许多多一定会让他
们掐起来，然后坐收渔利。要命的是他现在还不知道那个人什么来头。
　　李老板十分后悔惹恼了陈贝贝。他把陈贝贝捧出道，一直以为自
己是陈贝贝的主人，可北京城林子太大了，水太深了，什么鸟进了这
林子也会不恋旧窝，什么鱼进了这深水也是一去不返。他后悔极了。
他不是陈贝贝的男人，他一辈子也成不了陈贝贝的男人，他要的是地，
是那块地上的钱，足以装满一辆厢式卡车的钱，可他却因为自己的醋
意把路给弄断了。许多多肯定会撺动陈贝贝倒向另外的那个人，那他
真的是鸡飞蛋打了。
　　李老板头上冒汗浑身冰凉。他按了手机上的快捷键，对着电话嚷

嚷：二拐子，快点过来。

二拐子是李老板的外甥，他原先是跟着李老板在矿上干的。煤的上面是土地，土地是农民的命根子。农民因为土地塌陷和李老板的煤矿发生争执，二拐子带人夜深人静时闯到村里打了几个村民。老话说好汉不打村，一直仇视李老板又被打了的村民封了煤矿的大门，一定要弄死二拐子。李老板只好拿了钱，让二拐子躲到北京。李老板喊他来，是要他想办法找到陈贝贝。李老板不在北京的日子，二拐子承担着代他照顾陈贝贝的神圣职责，当然只是生活上的照顾。

陈贝贝哪里都没去，就和胡河南呆在宾馆里，确切地说一直呆在床上。胡河南一边抚弄着她的身体一边跟她说起了那块地，咱的地。陈贝贝心里很温暖，胡河南的事就是她的事。她也抚摸着胡河南的平头。胡河南的平头上已经有少许白发。在她看来胡河南的平头是艺术品，经过精雕细刻的艺术品。她一口就答应下来，并且当场给邹老打了电话。电话里陈贝贝可着劲地撒娇，说想干爹，想去看他。邹老说你还知道给我打电话呀？你不来我都生气了。放下电话，陈贝贝骑到胡河南身上，说，你就等着订一号厅吧。

一号厅的主人许多多破天荒地请了半天假，他回到四环边上的家里时，那个人已经到了。关上门的瞬间，许多多像换了一个人，跳起来就扑到那个人的怀里。

半个小时后，许多多偎在那个人的怀里说起了自己的计划。

李老板显然是病重乱投医，二拐子在他老家那个煤矿带着一帮打手看家护院还能凑合，可到了北京城就不行了。二拐子遗传了李老板和他姐姐的那张瓜脸，瞪着一双充分体现了家族特征的牛眼，走到哪里都是保安高度注意的对象。一天下来路没少跑，劳而无功。找不到陈贝贝。陈贝贝住的地方门锁着。她就职的文工团说她没上班。她那种签约歌手一周去开一次会，有了演出排练时才去团里。李老板望着胡吃海塞的二拐子，怎么也打不起食欲。想着陈贝贝随时有可能被许多多拉着倒向自己的竞争对手一边，李老板后背像一千条虫子在爬，冷汗不住地从脑袋上往下滚。他从腰带上抠出手机，给许多多打了个电话。

许多多正在自己家里和那个人一起享受晚餐。许多多的晚餐不丰盛，一盆蔬菜水果沙拉，几片面包，一瓶拉斐。一根蜡烛坐在银质的烛台上，直挺挺地亮着。暗处，有点伤感的乐曲在四处游荡。许多多手机响起来，显然有点不合时宜。许多多对着那个人一笑：姓李的果然坐不住了。那个人微笑着点了下头，一副成竹在胸的样子。许多多走到一旁，按下了接听键。

李老板说，多多，我想跟你谈谈。许多多说，谈什么？李老板说地呀，就是那块地。许多多笑了，那块地又不是我的，李老板跟我谈什么呀？李老板说哎呀妹妹，咱们真人不说假话，我知道你有办法，咱们见面谈谈吧。许多多说你还是找贝贝谈吧。李老板说我上哪儿找她去呀？我就跟你谈。许多多说，你想怎么谈？李老板说见面谈呀！我现在去找你。许多多说今天不行，改天吧。李老板说这才几点？不晚不晚。许多多没等他说完就把电话挂了。

那个人端起酒杯，等着她碰杯。许多多举起杯和他碰了一下，捧杯的声音显得有些急促。那个人朝她笑笑。许多多知道自己已经喜形于色了，想改回来，但已经找不回原先那种从容和淡定，索性自嘲地把酒一饮而尽，说，我又露尾巴了，自罚。话音刚落，手机又响了。许多多看了看，说，又是他。

许多多说，李老板，我这儿还忙着呢。李老板说，多多妹妹，你听我说完，你说得没错，人不能一棵树上吊死，走哪条道都能到天安门。我听你的，只要你能帮我，条件好谈。许多多沉吟一下，说，李老板，不是我要跟你谈条件，是因为你找不到贝贝我有责任，那天是我把她介绍给海岛市来的老板的。李老板说，真是你？完了完了完了，这下完了。许多多说，所以我才帮你。李老板说多多呀，你可把我害苦喽。这回你无论如何得见我。

架不住李老板的软缠硬磨，许多多答应跟他面谈。临出来时，她特意开上了胡河南送她的Q5。楼下的地灯照着豪车，显出恰到好处的神秘和气派，许多多很满意。许多多不是个张扬的人，一点都不张扬，她出身农村，从小就尊崇一句话：咬人的狗不叫。可是今晚她要张扬，对付李老板这样的人，她必须给自己足够的气场。

许多多开车路过昆仑饭店时，陈贝贝正开着她的红宝马驶进饭店的停车场。她刚从邹老家回来。陈贝贝为了胡河南去找邹老，不光是因为她爱上了胡河南，还因为胡河南答应她要给她买一套房，这使陈贝贝有了双倍的理由和动力。

邹老不是个为老不尊的人，用他自己的话说，爱美之心人皆有之，既然人皆有之，那就是人之常情，那就没有不尊之嫌。所以陈贝贝就成了他的干女儿。按辈分陈贝贝该是邹老干孙女的，但传统中干孙女尚未成为体系，以干女儿相称也算是从众。可是邹老确实老了点，本来该身体力行的事只能以手眼代劳了。陈贝贝一点都不反感，当她笼陈贝贝十分感激，仰望着邹老。邹老头上笼罩着一种仙人般的光辉。

罩在邹老的气场中呈现在他面前时，甚至有一种圣洁的体验。对此，邹老当然是感受到了，并且付出了应有的感激。但是，当陈贝贝向邹老解释这几天没来看他是因为在海岛市搞房地产的表哥来了时，邹老脸上的笑容当即逝去，犹豫了片刻，问：海岛市？陈贝贝不知邹老问话的意思，一时张口结舌，脸也红了。

邹老眯缝着眼看了陈贝贝一会，缓缓地说，你去过哪里？

陈贝贝摇头，干爹，我哪有时间？她原准备请邹老关注一下表哥的话没敢说出口，而是换了一个借口说，我表哥要请您老人家吃饭。

邹老好像有些警惕，没有马上答应。陈贝贝又说，我表哥说我进步很快，要帮我拍 MTV。干爹，您也为我高兴吧。

邹老沉吟了片刻，说，那就一起吃顿饭吧，就明天。

陈贝贝十分感激，仰望着邹老。邹老头上笼罩着一种仙人般的光辉。

邹老虽然当了一辈子领导，但在私交方面并没有养成食言的习惯。第二天晚上，邹老如约请胡河南吃饭。

邹老请吃饭实际上是由他出面倡导吃饭，倡导了，并且出席了，就是请了。争着买单的人多得是，让谁买单是给谁面子，也是被接纳并进入排序行列的标志。在邹老看来，那个捧陈贝贝出道的李老板是最佳买单人选，让他买单，不仅给了他面子，也不让陈贝贝和她表哥感觉过于隆重。这是一种分寸，也是规格，常人对这种分寸是需要刻意拿捏的，邹老不用，在邹老这里，决定和规格是配套的。

邹老决定让李老板出席并买单，陈贝贝慌了，赶紧跟邹老说，就别让那个李老板来了吧。邹老说，让他来。陈贝贝说不嘛，你不是说请我表哥的吗？邹老看了看陈贝贝，明白陈贝贝是不想让李老板和她那个什么表哥见面。陈贝贝越是不想让两个人见面，邹老就越不能依着她，他的权威是不容置疑的，他不会放过任何一步能够"将军"的棋，这是一种必须的习惯，也是一种本能。

陈贝贝知道这下要弄巧成拙了，赶紧给许多多打电话。许多多脑子飞快地转了一下，说宝贝，这事邹老已经定了，你是改不了的。当初邹老在位时，手下的人哪个敢对他说一个不字。你呀。

许多多挂了陈贝贝的电话，使劲地压抑着自己的兴奋。邹老出面，让胡河南和李老板两个人见面，对她来说简直是雪中送炭。她昨天晚上已经让李老板相信了陈贝贝倒向了海岛市的胡老板那边，进而引导李老板做出了要拿到海岛市的那块地，只有许多多才能帮他的结论，并且李老板已经提出了拿出那块地百分之十的预期利润作为许多多的回报或股份的意向。这么巨大的一块利益，正是她经营一号厅这个平台，并且和那个人保持协约关系的目的。许多多要攒一把大牌，如今这把大牌即将做成，只等着有人放炮。没想到放炮的人是邹老，而邹老是她梦寐以求的最佳人选。没想到好运来得这么快，这么山呼海啸势不可挡。许多多手心出汗了。

接到许多多的电话，李老板愣住了。找到了陈贝贝，邹老请客，让他出席并买单，并且就在今天晚上。他知道，他太知道了，让他买单是一种荣耀，是一种认可，是一种接纳。李老板在屋里转起圈来。他不得不承认许多多能耐大，能耐真大。他确信昨天晚上软缠硬磨跟许多多见面是十分必要的，更确信他给许多多抛出的百分之十的利润回报是个英明的决定，他从小就深信有钱能使鬼推磨，这么多年来折

　　　　　许多多笑了，用纸巾给她擦眼睛，擦脸，一边擦
　　一边说，瞧你哭的小样，真叫人疼。


腾煤矿打点上上下下的关系，更是无数次验证了这一真理。他明白，
他李艳阳的局面开始逆转了。

　　李老板还没从巨大的喜讯中回过神来，许多多的电话又来了。许
多多说，最新消息，你的那个贝贝和海岛市的那个老板搅和到一起了。
李老板慌了，问，什么，你说什么？许多多说你听着，海岛市的那个
老板姓胡，叫胡河南，秃头。你应该见过。贝贝现在和他很热乎。李
老板说，这个小婊子，那，那不就完蛋了吗？许多多说，所以你必须
听我的。李老板说我听我听，我怎么能不听呢。许多多说，今天晚上
不管发生什么事，你要装老实，装傻，越傻越好，听明白了吗？李老
板使劲点头，点了半天才想起许多多根本看不见，就对着电话喊，我
知道，我知道了。

　　陈贝贝早早地就和胡河南来到了一号厅。许多多对他们意味深长
地一笑，示意胡河南坐下。陈贝贝急切地把许多多拉到门外，说怎么
办呀多多姐。许多多说你自己栓的扣自己解呗。陈贝贝急了，姐，我
的亲姐，眼看着就要穿帮现眼了你还有心思开玩笑。许多多说，哭一
个，给姐哭一个我就帮你。陈贝贝果然哭了，眼泪夺眶而出。许多多
笑了，用纸巾给她擦眼睛，擦脸，一边擦一边说，瞧你哭的小样，真
叫人疼。陈贝贝打了她一拳，急得跺脚。许多多说，行了行了，以后
有什么事记得先跟姐商量，今晚听我的，尽量不让你穿帮。

　　许多多果然没让陈贝贝穿帮。掌握场面的气氛，许多多游刃有余。
宴会一开始，许多多就站起来，请示邹老，能不能由她越姐代庖当个
酒倌。邹老本来就喜欢这个善解人意的姑娘，许多多一说，邹老就允
了，好，今晚就封你个官，酒倌。大家一起热烈地笑。许多多说，邹

老，我这酒馆怎么着也相当于处级吧？邹老说，处级，正处，任期两个小时。大家又笑，更热烈了。

接下来许多多就行使酒馆的权力，先是给邹老敬酒，大家都喝，邹老限量。许多多给邹老限制了额度，一晚上只允许喝三杯酒，铁面无私，不许临时增量，并赋予了陈贝贝监督权。邹老很高兴，表示愿当遵守规章制度的表率，陈贝贝很尽职，娇嗔地抚着邹老的后背，就三杯哦。接着许多多就给胡河南和李老板相互介绍，介绍李老板时，许多多把他说成是陈贝贝的恩人；介绍胡河南时，当然就成了陈贝贝的表哥。胡河南不失时机地给李老板敬酒，感谢李老板帮助表妹，并且检讨自己这个当表哥的失职。李老板自然也热情地回敬胡河南，说胡表哥幸会幸会。陈贝贝见气氛热烈，就自告奋勇地提议由她这个干女儿给老爷子献歌一首。

就唱《好日子》！许多多说，眼睛却看着邹老，显然是希望邹老支持她。

邹老未置可否。这让许多多有点儿紧张。她知道邹老喜欢听歌，喜欢听陈贝贝唱歌，但最喜欢听陈贝贝唱老歌，流行的说法叫红歌。陈贝贝唱了两句，邹老噼啪鼓掌，她才松了一口气。

陈贝贝的歌唱得好，又脆又甜又润。她的表情也好，一脸阳光明媚，眼睛里的春光可着劲儿朝外溢。许多多的目光一直在陈贝贝的脸上。胡河南和李老板不是，他俩专注地盯着邹老。邹老咳嗽一声，胡河南赶忙递上纸巾。邹老手刚摸烟盒，李老板赶忙点燃打火机……

大家用心伺候着，尽心经营着，晚宴的效果出奇地好。

散场后，陈贝贝冲许多多做了个鬼脸，就跟着车去送邹老。胡河南回宾馆。李老板则拉着许多多请她喝茶。胡河南打车离开时，一辆黑色的帕萨特跟在了他的车后面，那是二拐子。

那个小婊子，一晚上跟那个姓胡的眉来眼去的，气死我了。李老板对坐在对面的许多多说。许多多抿了一口茶，说，李老板，你能不能嘴上积点德，你要是这样，你的事我就真不管了。李老板说，你不能不管，从现在起，我不指望那个小婊子，你，多多妹妹，我知道你有能耐，无论如何你得帮我，不能让那个姓胡的得逞。许多多说，说得好听，我帮你，自然有办法搞定邹老，你不能在墙上画张饼给我充饥。李老板说那是那是。正说着，电话响了，李老板从腰带上抠出手机，向许多多示意一下，说，二拐子，怎么了？二拐子说搞定了。李老板说他娘的！

二拐子说搞定了，是他跟踪到了胡河南的住处，并且记下了房间号。这是个不小的成就。李老板知道，现在许多多和他上了一条船，许多多答应他，要么就是她能够驾驭陈贝贝，要么就是她除了陈贝贝外还有不为人知的路子。也就是说，他和那个姓胡的比，已经不处于劣势，并且因为掌握了姓胡的住处，他已经有了明显的优势。

可是胡河南不这么看。当陈贝贝送邹老回来躺到他身边时，他就决定了买房。说是买房，其实就是住进去。房早就租下了，也是在东四环边上，紧挨着许多多的小区。房子是精装修的，胡河南本来打算用来在北京设办事处，现在他决定直接付款买下来送给陈贝贝了。胡河南不是傻瓜，算上买这套房，打通邹老的关系拿地的成本仍然远远低于他的预期。所以第二天两人就住进了新买的房子里。

进了新房子，陈贝贝就哭了。她一次一次地告诉胡河南，她爱上他了，真的爱上他了，不是因为房子，也不是因为做爱，是糊里糊涂地爱上了。整整一个下午，陈贝贝不停地哭，跪在客厅的地毯上哭，泪水落地无声。趴在厨房里哭，泪水啪嗒啪嗒地落在大理石的灶台上溅起水花一片。坐在卫生间的马桶上哭，泪水从两手的指缝里汩汩而下。伏在床上哭，泪水打湿了胡河南的脖颈和胸膛。胡河南被她的泪水溶化了，紧紧地搂着她，告诉她他会永远对她好，一直到她决定离开他。陈贝贝哭着说我不离开你不离开你我不要名分什么都不要只要你只要你。胡河南说她傻瓜，小傻瓜。

胡河南和陈贝贝不知道，就在他们隔壁的小区里，许多多为拿地的事正在进行着紧张的沙盘推演。

<h1 style="text-align:center">六</h1>

和许多多一起进行沙盘推演的还有那个人。

那个人叫高平，是邹老的秘书。邹老退下来后，兼着个半官方的协会会长。高平呢，除了当邹老的秘书，还跟着邹老兼协会的秘书长。这是一种待遇，领导岗位退下来，兼个协会或者学会会长，可以继续工作几年。那些官方半官方的学会协会权力很大，是个搂钱的好地方。可是邹老不搂钱，高平也不搂钱。邹老认为搂钱是贪腐，高平认为搂钱是傻瓜弱智。他知道有一天邹老会把他放下去。他的前任现在就是海岛市的市长。胡老板、李老板，还有这个那个老板，表面上冲着邹老，实际上是冲着邹老的前一任秘书。他现在是在上升通道的平台上盘整。对于稳重斯文的高平，一切都顺理成章，一切都会水到渠成，前提是他必须一直这样稳重斯文下去，一直要把爪牙蜷缩潜伏起来，包括他一直喜欢着的许多多。

对于许多多，高平承认自己喜欢她。许多多安静、美丽、温柔、善解人意，这一切都是他现在的夫人不具备的。他最受不了的是夫人扬着眉毛挑着京腔数落他胎里带出来的土气。夫人的父亲虽然也像邹老一样退下来了，但余温仍可轻易烧掉他的政治前途。因此他和许多多就有了协约关系。但协约不是写在纸上，而是在各自的心里。对于许多多想在拿地这件事上弄一笔钱，他是反对的。但许多多却史无前例地坚持，许多多跟他几年了，从来都是服从他，只坚持了这一回。高平答应了。他深信，只要设计得好，许多多的目标是可以实现的。高平出身农村，他父亲是村里有名的智多星，父亲有一句名言：一个人想办法抵十个人干活。

你看，许多多说，你看，现在胡河南对我是深信不疑的，因为我接受了他送的 Q5。而李老板病重乱投医，对我也是抱着百分之百的希望。也就是说，买家有了，并且因为竞争关系，出高价的一方也有了。从供需关系上看，现在咱们只需要把商品拿到手上，这商品就是那块地。高平笑笑。许多多说，你要是能让邹老给他的前任秘书打一个电话，这事就成了。高平摇头，难。老爷子可是一尘不染。许多多说，那你就打这个电话。反正你们也认识。他是邹老过去的秘书，你是邹老现在的秘书。你打电话，他不至于会怀疑吧……许多多的目光一直看着高平。

高平挠头皮，说，这不行。可能怕许多多怀疑他不肯帮忙，故意眯着眼，一副认真思考状。

许多多突然冒出一句，捉奸行吗？

高平想都没想，连忙说不行不行，你怎么想出这种俗招？许多多笑了，我就是随口一说。高平接着教导她，捉奸你捉谁？捉邹老，要挟他？好啊，邹老是谁呀，你我都等着死吧。捉胡河南？那就灰了邹老的面子，邹老一撒手，谁都不管了。捉老李？真捉到老李和贝贝，邹老恨不得他死，还给他地！许多多同学，我发现你真挺逗的。许多多嘟着嘴，往高平怀里一钻，两人就撒开这事，滚到了床上。

许多多不是随口一说。捉奸这个词虽然不入耳，这种做法虽然是俗招，但可能是最有效的。所以第二天，当李老板把首笔活动费用打到许多多的卡上后，李老板的手机上就得到了两幅照片。接着，李老板的外甥二拐子就把两幅照片发到了海岛市的一个手机号上。手机号是胡河南老婆的，照片上，胡河南和陈贝贝搂在一起腻歪。这时，李老板已经坚信许多多就是他的贵人了。

其实胡河南并没有沉迷于和陈贝贝的缠绵之中。胡河南的老婆接到二拐子发给她的照片时，胡河南正和陈贝贝往邹老家里搬东西。邹老请了胡河南，作为答谢，胡河南给邹老送了一根老参，这根参是几年前胡河南专程去东北请来的，花了三十多万。除了参，还有一块观赏石，这块观赏石是灵璧石，山岳耸立沟壑纵横气象万千，轻轻一敲，声若青铜制成的磬。这块观赏石也是胡河南几年前就备下的，花了他十几万。陈贝贝抱着参，胡河南指挥着两个工人小心翼翼地把观赏石抬进邹老的屋里。

邹老很高兴。邹老不收钱，从来都不收钱，但对胡河南和陈贝贝送来的礼物却十分乐意接受，尤其是那块石头。邹老围着石头观赏抚摸啧啧有声，连声说好。胡河南见邹老高兴，就在一旁解释说，有幸

*李老板不懂石头，但他懂得胡河南不会把不值钱
的石头往邹老家搬。*

通过表妹结识邹老，奉上两件礼物略表心意，谐音是一生一世，胡河
南一生一世都感到荣幸。邹老笑得眼都眯起来了，说小胡好，小胡不
光会办事，还会说话，好，好。胡河南常在场面上混，深知进退之度，
见好就收，起身告辞。陈贝贝留了下来。

晚上陈贝贝回到胡河南送给她的房子里，第一件事就是告诉胡河
南，邹老答应去海岛一趟。胡河南说，真的？邹老真的答应了？他知
道找领导办事，不像过去需要领导写条子打电话，那样会留下证据，
对领导对领导找的人对找领导办事的人都不好。领导只要答应过去，
让被找的人和找领导办事的人坐在一起吃顿饭，事情就成了。

陈贝贝说你还没谢我呢。胡河南一下抱住陈贝贝，把她往空中扔
了几次，乐得陈贝贝吱哇乱叫，勾住他的脖子把他拖倒在地毯上。

胡河南庆贺时，李老板这边犯起了嘀咕。二拐子告诉他，胡河南
往邹老家搬了一块石头。石头，什么石头？李老板问。就是石头，破
石头。二拐子说。李老板不懂石头，但他懂得胡河南不会把不值钱的
石头往邹老家搬。他赶紧打电话告诉了许多多。许多多说，哦，知道
了。许多多的态度让李老板更嘀咕了，不光是为地嘀咕，他已经往许
多多卡里打了五十万了。五十万哪。

许多多接到李老板的电话，虽然不动声色，但心里却也着急上了。
万一陈贝贝赶在她前面说动了邹老，那她就只有祝贺胡河南和陈贝贝
的份了。她拿起手机，给高平又发了一个推销打折机票的信息。她要
让高平先设法拦住邹老，只要能拦住一两天，局面就会又一次逆转。

许多多要等的是胡河南的老婆。胡河南的老婆无疑是她化解危机
的催化剂。

其实胡河南的老婆已经到了北京。从机场到许多多工作的酒楼堵车，一路上宛如穿越千山万水，短短二十公里，超过了她从海岛市飞到北京的时间。

许多多正焦急地等待着胡河南老婆的时候，服务员说有一位女士找她。许多多一转身，胡河南的老婆出现在她面前。许多多是真惊奇，一点都不做作，嫂子？你什么时候来的？一边说一边往远处看，我胡哥呢？胡河南老婆说，你坐下多多，我找你有点事。

胡河南老婆找许多多是要问胡河南的住处。许多多说不知道。许多多不能告诉她，告诉她胡河南住处的人不能是她。许多多说你打他电话呀！胡河南老婆说我不想打他电话。许多多问是不是出什么事了？胡河南老婆说没出什么事，能有什么事？我就是想找到他。许多多说我真不知道他住哪儿，要不我帮你打听一下。许多多开始打电话，打了好几个也没人知道。许多多两手一摊，嫂子，胡哥前两天还在一号厅吃过饭，可是我没问他住什么地方。正说着，胡河南老婆手机上接到一条信息，她看了看信息，起身就走。

许多多笑了。信息是二拐子发的。她知道自己导演的捉奸大戏就要开场了。

让许多多没想到的是，胡河南老婆按照二拐子信息上的地址却扑了个空。

## 七

胡河南老婆一心想捉奸却扑了个空。她按给她发短信的手机号打过去，没想到顺利接通了。

二拐子活到二十多岁，什么都没有，也就什么都
不会失去。

二拐子接电话时也很诧异，明明自己亲眼看着胡河南进了那个房
间，怎么会错了呢？倒是胡河南老婆一句话提醒了他，胡河南老婆说，
小兄弟，你要是有什么条件尽管提出来，别指着兔子让我满世界追去。
二拐子眨了眨牛眼，突然冒出一个歪主意，他对胡河南老婆说，你给
我打五万块钱，我一天之内告诉你准确地址。胡河南老婆说，我怎么
相信你呢？二拐子说，我也不知道你怎么相信，你呀，爱信不信。胡
河南老婆说，行，你给我卡号。

二拐子乐了，自从逃到北京，他舅舅李老板除了房租，一个月只
给他一千块钱零花钱，想玩个女人又得吃一个星期方便面加大馍，没
料到一条短信就换来五万，真是京城钞票齐腰深啊！他牛眼一转，又
想起了新主意，胡河南老婆的声音真好听呀，喊他小兄弟，又亲切又
甜美，又清澈又滋润，二拐子躁动起来。二拐子慌慌张张地说，你开
个房间等我，不然免，免谈。

二拐子万万没有想到，胡河南老婆竟然答应了。在去往宾馆的路
上，二拐子脑袋发晕，一个晚上，不仅得了一笔巨款，还得到了一个
声音娇美的女人，好事接踵而至，二拐子不信自己有这么好的运气，
他有点怕。但看见一条条飘过他身边的圆滚滚直挺挺的美腿时，他朝
地上狠狠地吐了一口，二拐子活到二十多岁，什么都没有，也就什么
都不会失去。因此，他走得飞快，生怕自己反悔。

当二拐子站在胡河南老婆面前时，他还是被镇住了。面前这个穿
着睡衣白嫩丰润的女人具有非凡的气场，二拐子都没敢看她的脸，一
下子就把她抱起来放到床上，然后用牛一样的身子压着她，飞快地扒
去自己的衣服。如果不是这一系列生猛的动作，二拐子担心自己会退

缩，甚至落荒而逃。出人意料的是胡河南老婆竟然一点都没有推诿敷衍，反而温存地舒展着自己的身体迎合他。当二拐子凶猛异常地侵入她身体时，她还情不自禁地噢地叫了一声。胡河南老婆的迎合和叫声赋予了二拐子成功感并激发了他的斗志，他正欲奋起发力，胡河南老婆却一把搂住他，在他耳边轻声说，别急，跟我说说话。二拐子一边答应，一边猛烈地动作，谁知胡河南老婆却像一堆棉花一汪水，无论他怎样用力，都被她轻易化解，二拐子徒劳地动作着却毫无建树。胡河南老婆再次轻声说，小兄弟，别急，这一夜都是你的，跟姐说说话。胡河南老婆声音又柔又甜又亲，二拐子酥了，乖了，吭哧吭哧地说，说，说什么？胡河南老婆在他脸上亲了一口，然后轻轻地贴着他的耳朵问，照片哪儿来的？二拐子脱口而出，我舅给的。胡河南老婆亲着二拐子的脖子，身子上下轻柔缓慢地动着。二拐子得到了暗示，受到了鼓励，使起了牛劲。胡河南老婆又变成了棉花和水，她一边泄他的力一边问，你舅从哪儿弄来的？二拐子想都没想，说，多多姐，许多多给的。胡河南老婆浑身一震，愣了有十秒钟，旋即笑了，笑得很甜很美很开心，然后身子上下左右扭动起来，嘴里发出欢愉的叫声。胡河南老婆的叫声在二拐子听来像一只美丽的母鸟在忘情地歌唱，这歌唱让他神勇无比一往无前。

　　胡河南老婆没有食言，她把那一夜都给了二拐子。二拐子不惜力，不偷奸耍滑，差点累死。他明知眼前这个实际年龄比自己小七八岁的小富婆是想利用他，但他心甘情愿，就是她让他去死，他也会毫不含糊。

　　二拐子死心塌地地成了胡河南老婆的人。他开着他舅留在北京的

黑色帕萨特，在陈贝贝单位门前守株待兔，终于等到了开着红宝马的
陈贝贝，并轻松地跟到了她东四环边的家里。

二拐子并没有把这令人振奋的消息告诉他舅舅李老板，都说外甥
随舅，李老板除了给了他一张瓜脸一双牛眼外，剩下的就是让他像狗
一样听使唤，像狗一样游荡在北京街头。他第一时间就跑到胡河南老
婆的房间，自告奋勇地要带着她去捉奸。没想到胡河南老婆并不急于
捉奸，而是又犒劳了他一次，并请他吃饭。这让二拐子产生了错觉，
他怀疑胡河南老婆是不是喜欢上他了。他甚至毫不怀疑自己的这个错
觉。他听人说过也在网上看过，有的老板经常在外拈花惹草，被冷落
的年轻漂亮的媳妇或包养的女孩不甘寂寞，也有的出于报复在外找乐，
有的找小区保安，有的和下属比如司机……二拐子活到二十多岁，就
连他爹妈都没真正喜欢过他，他因此激动不已，发誓为这个女人去做
一切她想做的事。

打发走了二拐子，胡河南老婆站在卫生间镜子前仔细地端详着自
己。这是她的习惯，她在思考重要的事情时，喜欢对着卫生间的镜子
审视自己。走出卫生间时，她给许多多打了个电话，她需要约许多多
聊聊。

胡河南老婆已经从二拐子那里知道了一切，她知道照片上的这个
陈贝贝对胡河南拿地是个至关重要的人物。虽说胡河南和陈贝贝亲密
的样子让她十分生气，但她更知道捉奸的后果将使海岛市的那块地花
落别人家，再说，她已经用二拐子成功地报复了胡河南，她不仅享受
了对胡河南的报复，也享受了二拐子带给她的一次次快感，而这种快
感她已经久违了。她需要知道的是许多多的计划，许多多既然想通过

她把地的事弄黄了，就必然有一个更大的企图，这个企图关系到她和胡河南能不能得到那预期的几个亿。

胡河南老婆不打算跟许多多戳破，她已经嘱咐二拐子不要说破了，并且许了二拐子好处，事成之后再给他五万。她相信长着一副瓜脸的二拐子听她的，不给钱都会听她的，二拐子的那双牛眼已经把他发自内心的臣服和焦渴暴露无遗。因此，当许多多坐在她对面时，她给许多多看了手机上收到的那两幅照片。

那个骚货是谁？胡河南老婆问。许多多说，哎呀嫂子，你从哪儿弄到的？谁这么缺德？胡河南老婆心里骂了句骚货，脸上却挂上了因屈辱而至的羞愤，说，多多，我一直拿你当妹妹，你不能看着外人欺负我什么都不管，我知道你肯定认识她。许多多说，嫂子，这照片不能证明什么，现在的女孩开放，你不能凭一张照片就瞎猜。胡河南老婆哭了，说，多多，真没想到，我真没想到你也和他们合着伙骗我欺负我。她声情并茂历数女人的委屈和艰辛，把许多多说得眼泪都掉下来了。许多多最后才告诉她，这个女孩叫陈贝贝，是个新出道的歌手，还一再央求胡河南老婆不要毁了人家的前程。

许多多滴水不漏，胡河南老婆发现自己一切都是徒劳，她和许多多最多打个平手，或者说她还不是许多多的对手。但许多多既然来了，她就不能让她白来，她最后留给许多多的话是她要和胡河南，和那个骚货弄个鱼死网破。看着许多多脸上挂着同情和遗憾离开，胡河南老婆知道，她一转身就会乐得合不上嘴。

胡河南老婆又到卫生间的镜子前站了许久，决定去找胡河南。

胡河南老婆敲开门时果然看到了胡河南脸上的惊慌和尴尬。和她

在去胡河南住处的路上想到的表情一模一样，路上她想着胡河南脸上
将会呈现出的惊慌尴尬时忍不住笑出声来。但在面对胡河南时她没有
笑，她尽量彰显着自己的愤怒和委屈，并径直走向卧室，如愿以偿地
见到惊慌失措的陈贝贝。

　　三个人坐在客厅里时，胡河南老婆淋漓尽致地享受了捉奸者的权
利。她尽情地奚落了陈贝贝，直到她缩成一团。但她并没有让譬如婊
子骚货之类的脏话说出口，她还需要这个婊子。

　　当胡河南老婆看着对面的胡河南把头扎进裤裆里，看着陈贝贝手
捂着脸缩成一只刺猬，突然笑出声来时，胡河南和陈贝贝着实吓了一
跳。两人抬眼看看，胡河南老婆脸上的愤怒和敌意已经消失，胡河南
兔子似的跳起来给老婆倒了杯水。胡河南老婆喝着水，翻出手机上的
照片，把手机递给了陈贝贝。

　　胡河南老婆变成了一个出色的解说员，她入情入理地把许多多和
李老板的关系解说得清清楚楚，胡河南和陈贝贝惊得目瞪口呆。此刻
胡河南老婆成功地控制了局面，开始跟陈贝贝摊牌。陈贝贝远远不是
胡河南老婆的对手，胡河南老婆把照片发到网上，发给邹老的任何威
胁在她看来都足以置她于死地。她跪在胡河南老婆面前说，嫂子，你
让我做什么都行，我还年轻，只要你别毁了我的前途，我什么都愿意
做。我和胡哥是第一次，也是最后一次……

　　胡河南已经明白了老婆的用意，他示意老婆扶起陈贝贝，说，我
知道我对不起你，可是我确实是喜欢贝贝。老婆说呸，你不要脸。胡
河南说是，是。胡河南老婆和胡河南一边斗着一边默契地把陈贝贝推
到了为挽救命运背水一战的绝境。

因为成功捉奸，胡河南老婆成了拿地的总指挥。胡河南从慌乱中醒悟过来，决定夺回指挥权。可是此刻陈贝贝已经领受了任务走了。胡河南有点魂不守舍地想着陈贝贝的感受，又不敢立刻就给陈贝贝打电话。倒是老婆授予了他和陈贝贝联系的权力。老婆说，给你那小骚货打个电话。胡河南狐疑地看着老婆，老婆说，你跟她上床都不怕，让你打个电话倒装上了，打。胡河南迫不及待地调出陈贝贝的号码，刚想躲到窗边去，老婆说，就在这儿打。胡河南说我不打了。老婆说，傻呀你？现在就打，告诉她你喜欢她，是真心喜欢她，说我管不了你。胡河南将信将疑地看着老婆，老婆走过来，拍拍他的脑袋，你这个马驹子，在外头撒欢不怕，别挣脱了缰绳就行。胡河南感激地点点头，觉得不够，又使劲点点头，说嗯。

　　在租住的房子楼下，陈贝贝泪流满面地坐在红宝马里。她真想大哭一场，可是哭不出来。要是以往，她第一个想到的就是许多多，她会去找许多多，趴在她身上放声大哭。可是现在不行，她无论如何也没有想到，许多多会把自己给卖了，不用胡河南老婆说，她从照片上的背景中就看得出来，那是头一天她和胡河南许多多三个人吃饭的餐厅，当时许多多就坐在他们的对面。但对许多多，陈贝贝想恨都恨不起来，她是她唯一的朋友，失去她陈贝贝觉得恐慌。李老板那里她是不能去了，甚至想想都恶心。邹老也不是她的依靠，那个笑眯眯的老头，需要的是她的青春和身体，一旦这个身体出卖了他，他骨子里的威严和阴森就会冒出来，对她那就是杀身之祸。她现在就像是暗夜的山林里唯一的一只夜鸟，恐惧、屈辱、孤独、无助，紧紧包围着她，以致手机响了半天才想起接电话。

准备结束通话，谁知李老板却提出了一个在她看来欠抽的想法。

胡河南在电话里刚说了一声贝贝，陈贝贝哇地一声就哭了起来。无论胡河南说什么她都是哭，直到电话里传来胡河南老婆的声音，她的哭声才戛然而止。

陈贝贝又回到了胡河南给她的房子里。胡河南老婆悲悯怜爱地抚了抚她的头发，她又忍不住了，哇地一声又哭起来，这回是趴在胡河南老婆的怀里。胡河南老婆被陈贝贝哭得心酸酸的，眼里闪着泪花。胡河南偷眼看过去，那一刻他老婆脸上放着圣洁的光辉。

陈贝贝彻底被俘虏了。胡河南真的成了表哥，胡河南老婆就成了表嫂。照片呢？表妹跟表哥撒娇。许多多，奈若何。

# 八

许多多不得不承认自己有可能弄巧成拙。从胡河南老婆那里回来，她坐在自己空阔的房子里，眼珠不停地转动着。她觉得自己像掉进了一大缸粘稠的浆糊里，脱身不得，动弹不得。陈贝贝再傻，也能从照片上看出是她拍的，那就势必跟她反目。失去陈贝贝这张牌，她就只剩下高平了，而高平虽然想帮她，但满脑子都是自己的前程，不会为了她那块看似巨大的利益而在邹老面前自毁官运。她已经清楚地看到那块巨大的利益离她越来越远，一丝寒意向她袭来。

李老板的电话打断了许多多的思绪。看着手机上李老板的名字，许多多迅速调整出了自信淡定的声音，按下了接听键。李老板关心的是胡河南老婆捉奸的情况，电话里不时传来他淫荡猥琐的笑声。许多多觉得无聊，准备结束通话，谁知李老板却提出了一个在她看来欠抽的想法。李老板心里还是惦记着陈贝贝，确切地说是惦记着他用钱堆出来的陈贝贝，他希望捉奸以后许多多能帮他把陈贝贝拉回他身边。因为和许多多合作，李老板提这要求时坦坦荡荡，一点不好意思的感觉都没有。许多多心中暗暗骂了一句，反问他这是不是合作的附加条款，谁知李老板竟一本正经地否认，那么大的合作标的，加上一个陈贝贝怎么了？陈贝贝本来就是我的。

挂了李老板的电话，许多多只觉得恶心。她讨厌李老板这样的暴发户，昨天还撅着屁股种地，今天就呼来唤去地成了主人。她想起了陈贝贝说过的一句粗话，跟他上一回床，得撒三天黑尿。许多多刚想对着巨大的空间狠狠地呸一声，一个念头突然闪现出来。

许多多要当一回恶人，光明正大地当一回恶人。相比起那块巨大的利益，恶人算不了什么。

许多多要当恶人，颇有点置之死地而后生的意思。没有陈贝贝，光靠高平她是无论如何也拿不到那块地的。她只想到捉奸会使胡河南老婆和陈贝贝大闹，从而促使陈贝贝倒向自己和李老板一方，迫使胡河南出局，却没想到陈贝贝会在倒向自己之前而认出照片是她许多多拍的因而恨上她，更没想到胡河南老婆一去不返杳无音信。她判断胡河南老婆极有可能已经和陈贝贝联起手来，她低估了这个自幼生活在官家的小富婆。她现在等于是空做了一场梦。她必须重新站队，站到胡河南一边，她相信李老板能给她的，胡河南也一定能给。前提是她必须赤裸裸地站出来当一回恶人。

但她手上并不是没有杀手锏，照片就是。她相信这些照片足以让陈贝贝合作。前提还是要赤裸裸地当一回恶人。

许多多轻松了。想明白了的许多多开始打电话，先给李老板打，再给高平打，最后一个是最为关键的陈贝贝。

陈贝贝也轻松了。她现在和胡河南老婆已经亲如姐妹。许多多给她打电话时，她正在开车去邹老家的路上。邹老答应过她，本周内去一趟海岛市。只要邹老去了，那块地就会落到胡河南手上。许多多的电话被陈贝贝挂掉了，陈贝贝虽然恨不起来许多多，但她心里已经没有了许多多的位置，许多多原先在她心里的位置空了，空得她很难受。许多多的电话一次次地打进来，陈贝贝一次次地挂掉，就在她等着挂掉许多多下一个电话时，却看到了一条信息：贝贝，如果你以为我手上只有那两张照片，那就大错特错了，别逼着我害你。多多姐。

东三环边上的咖啡厅里，陈贝贝坐在了许多多的对面。

如果仅仅是那两张照片，胡河南老婆已经安排好了，那不过是表妹跟表哥撒娇。可是她和胡河南在一起的几天几夜，忘情而又忘形，那就不是表哥表妹了。在许多多的微笑中，陈贝贝给胡河南老婆打了个电话，告诉她许多多手里还有照片，很多很多。

胡河南老婆显然傻了。过了一会，她把电话打过来，要和许多多通话，只是通话的换成了胡河南。许多多依然微笑着，轻声细语地跟胡哥谈着生意。许多多跟胡河南谈的条件和李老板一样，胡河南沉吟一下，说多多啊，你要想跟我合作，当初说一声就行，何必兜这么大的圈子呢！许多多笑笑，哥，你们做生意的讲得是本钱，当初我没有本钱呀。电话的另一头，胡河南哈哈大笑起来，行，你让我见识了你的本事，成交。

陈贝贝坐在许多多对面，傻傻地看着许多多和胡河南通话。她死活都弄不明白许多多脑子里怎么会有这么多的主意，她只知道从自己

105

坐在许多多对面的那一刻起，她就注定了又一次被许多多放到了砧板上，至于从哪里下刀，那就是许多多说了算了。

离开咖啡厅，陈贝贝六神无主地走在信心满满的许多多身后。许多多带着陈贝贝去见的人是李老板。

李老板的房间里收拾得干干净净，窗边的小几上还放了一束巨大的鲜花。许多多和陈贝贝一进门，李老板就噌地一下跳起来，亲热地揽着陈贝贝的肩膀，给她递水果，给她沏茶。茶是家乡的猴魁，猴坑的猴魁，要领导才能喝得上，现在给陈贝贝喝了。陈贝贝也不推辞，有点娇嗔地怪李老板粗手笨脚，再好的茶也沏不出好味道。许多多见两人重归于好，知趣地告辞。临走时，她拔下了取电槽里的门卡，换上了一张废弃的电话卡。

李老板高兴极了。不光是因为夺回了陈贝贝的肉身，重要的是陈贝贝的肉身所代表的海岛市的那块地。不过李老板是现实的，怀里陈贝贝的肉身早已让他按捺不住了，这个小妖精活生生地让胡河南享用了几天糟践了几天，现在终于回到自己的怀抱，他对每一寸肌肤都充满了怜惜和珍爱。李老板嗅着，眯着眼睛一寸一寸忘情地嗅着，陈贝贝的体香让他着迷让他晕厥。当他亢奋地进入陈贝贝的身体时，陈贝贝摁下了手机的发送键。

当李老板停止了所有动作瞪着牛眼嗷嗷地叫唤时，门开了。

进来的是许多多。许多多身后是高平。李老板情不自禁，嗷嗷声一时无法停下来，陈贝贝却挣脱了他牛一样的身子跳下床，神情恍惚地抱住许多多哭喊，多多姐，他强暴我。赤身裸体的李老板尚未缓过神来，脸上挨了许多多一记耳光：李艳阳，你这畜生！

陈贝贝却怎么也打不起精神，她觉得自己成了一
块木头。

　　李老板傻了，他手哆嗦着指着陈贝贝，她，她，你问问，我跟她
比我老婆还多，你问问。陈贝贝变脸了，怒喝一声，放屁。

　　李老板彻底傻了。事情的严重性许多多已经交待了，言简意赅简
明扼要通俗易懂。他现在已经不用考虑那块地了，当务之急是如何按
下强暴冉冉升起的歌星陈贝贝这件事。他想起了钱。可是许多多不缺
钱。陈贝贝也不要钱。高平更是不屑。李老板没辙了，明知掉进了人
家码好的套里却百口莫辩，明知钻进了别人的裤裆里，怎么挣巴都是
个臊。

# 九

　　邹老很生气。

　　正如许多多所料，邹老确实很生气。但高平知道，邹老不会生真
气，不会把身体气出毛病。邹老是讲究养生的。

　　但许多多只是许多多，只是东三环那家超级酒楼的楼面经理，以
她的功力无法揣测在官场走了一辈子的邹老的睿智和气度。邹老是英
明的，邹老也是公正的。他生完了气，甚至淡淡一笑，问身边的高平，
说那个姓李的强暴贝贝是谁的主意？高平嗫嚅道，不是，是我看见
的，我正好在那边开会，遇见了多多……邹老伸手止住他，不让他说
下去了。

　　胡河南老婆做东，在一号厅请许多多和陈贝贝吃饭。许多多亲热
地跟胡哥和嫂子碰杯，陈贝贝却怎么也打不起精神，她觉得自己成了
一块木头。这时胡河南老婆手机上收到一条短信，是二拐子发来的：
姐，你真想弄死我舅？胡河南老婆笑笑，回了一条短信：弄死你舅的

是他自己。一会儿，二拐子的短信又发过来了：那我怎么办？胡河南老婆：你想和你舅一块坐牢吗？二拐子再也没回短信。

胡河南老婆跟二拐子来回发短信时，许多多也给高平发了个打折机票的信息。高平给她回信是：海岛市的机票定了。许多多平静地看着胡河南，胡河南老婆，还有蔫头巴脑的陈贝贝，淡淡地说，地的事定了。胡河南老婆激动地起身，真的？许多多点点头。胡河南老婆哇塞一声，来，妹子，嫂子敬你一个！

高平给许多多回短信时，正在宾馆和李老板谈话。高平没跟许多多说清楚，其实也不需要说清楚，地的事定了就是定了，许多多和李老板胡河南都有约定，不管谁拿到地，都少不了许多多的一份。

可是谁都没想到的是，和邹老同行飞往海岛的是李老板。

海岛市长在机场迎接邹老。邹老介绍李老板时淡淡地说，小李，我小学同学的儿子。

李老板和高平同乘一辆车。高平告诉他说，贝贝要出唱片要拍MV要开新闻发布会，请邹老出席。李老板心领神会，忙说，我办，我办。让邹老放心。

高平好像有点儿累了，歪着头，自言自语地说，都争着当明星，前期投入太高，没千儿八百万，唉……

李老板愣了足有三分钟，好像在计算着投资和回报的比例。过了一会才又重复刚才那句话，让邹老放心，放心。

让李老板想不到的是，在海岛迎宾馆门前迎接邹老他们一行的是许多多。望着许多多搀扶邹老的背影，他在心里骂了一句：婊子！玩空手道的高手！

这一次胡河南志在必得，他再一次进了北京。


　　陈贝贝的房子没了。直到胡河南的媳妇告诉她房子已经租给别人，她才发现房产证上的名字是胡河南本人。陈贝贝恼怒，骂胡河南骨头里坏。胡河南说我对得起你啊！半年不到，我贴你一百多万，一百多万呢……陈贝贝恼羞成怒暴了粗口，我操你妈，你眼里只有钱。胡河南哈哈大笑，我眼里只有钱？你也不看看你自己……

　　从那以后，胡河南再也没见到过陈贝贝。不过，陈贝贝似乎一天都没离开过他，她经常出现在电视上。胡河南躺在床上盯着电视屏幕时，不经意间会发出一声轻叹，电视屏幕冷冰冰的，已经没有了陈贝贝那迷人的体香和可人的温度。每到这时，老婆就安慰他，她再红，也让我老公翻天覆地地睡过了，是吧老公？

　　两年后。海岛市掀起了大开发的高潮。另一块地挂出来了，比李老板拿到的那块更大，位置更好。这一次胡河南志在必得，他再一次进了北京。

　　北京的房价和两年前已经翻了几个跟头，胡河南原先准备送给陈贝贝的那套房，从九千多一平涨到了三万六。这对胡河南算是意外收获。老婆说，早知道就多买几套了。胡河南说买了房那得住人。老婆说，喊，住就住，住再多的女人，你也跑不掉。又说，钱也跑不掉！

　　让胡河南再一次没想到的是，许多多这时正在海岛市四处找他。原先的海岛市长调到了省里，高平到海岛市挂职锻炼，当了副市长。

　　胡河南和他老婆在落满了灰尘的房子里感慨时，接到了许多多的电话。两年前拿地的事胡河南心有芥蒂，接许多多电话时并不热情，说他在北京呢。许多多问是不是地的事。胡河南说嗯。胡河南的冷淡并没有浇灭许多多的热情，许多多说，这块地给你，你给我多少？胡河南说，我没心思开玩笑。许多多说，我不开玩笑，上次欠你的，这次给你补上。胡河南说谢了，但愿。胡河南说着就挂了电话。

半分钟后，胡河南的手机又响了。许多多说，胡河南，你给我听着，高平到海岛市当副市长了！

胡河南愣了一会，突然喊：多多，多多妹子……

许多多说，再给我加五个点。

胡河南说成交，拉着他老婆直奔机场。

胡河南来回跑着换登机牌时，听见了一个熟悉的声音。他浑身一震，循声望去，陈贝贝被一群记者围堵着，被一片粉丝簇拥着从他身旁走过。

陈贝贝也看见了他，留给他一个不易觉察的笑。胡河南被钉在那里。

陈贝贝还是那么漂亮，只是多了些冷艳。胡河南使劲嗅了嗅，只有若有若无的脂粉气，没了那让人神魂颠倒的体香。

机场太乱了。

原载《红豆》2013 年第 12 期

《北京作家》2013 年第 6 期

# 刘大胖进京

一

刘大胖真名叫刘梅花，刘大胖是她的外号。

都说岁月留痕，那要看对谁而言，经历磨难多的人自然老得也快。刘大胖进北京那年三十五岁，看上去却大得不少。在进京的火车上，她在厕所里蹲得时间长了点，一开门，门外排队站在最前边的一位颇有学者风度的中年男子如释重负地说，阿姨，你终于……刘大胖没等他说完，转身又进了厕所，哐当一声关上门。她对着镜子看了看自己，撩起水抹了把脸，再看一眼，长长地叹了口气。

心情不好的刘大胖接着就跟人骂了一架。

刘大胖大包小包地走出北京站时，手里拎的行李碰了人家的车。人家说她一句，她还一句，说她两句她还三句，人家说她嘴欠，她就骂上了。刘大胖不会说普通话，骂人的词汇也不多，反过来掉过去就是两句：万人操的，婊子养的。在她老家，这两句骂人的话深刻而简练，尤其是前一句，精辟地辱没了对方的家族体系。刘大胖一开骂，对方就傻了，虽说无法精确理解她骂词中的深刻含义，但知道这女人不是个善茬，扔下一句好男不跟女斗走人。

刘大胖在胜利的喜悦中陶醉了一分钟，发现众人仍在围观她，渐渐现出了尴尬。她不善于被围观。更让她尴尬的是刚刚骂架时把手里捏着的纸条弄丢了，纸条上写着她要去投奔的老乡的地址和电话。刘大胖后背的汗唰就下来了，惊慌四顾，有人说纸条让环卫工扫走了，刘大胖追上环卫工，手忙脚乱地在人家的铁皮匣子里翻。翻了半天也没找到，再一问，才知道刚才扫的那匣子已经倒进了垃圾车。刘大胖飞快地奔向垃圾车时，垃圾车却开走了。刘大胖拿出在老家追猪的劲头去追垃圾车，追了半里地也没追上，垃圾车是电瓶的，开起来嗖嗖的。这时她想起了自己的行李，立马以比刚才更快的速度飞奔回来。

别的行李都在，唯独那个要命的花书包没了。花书包里装着她的钱包，钱包里装着钱和身份证。刘大胖身子一软，瘫在地上嚎啕大哭，哎呀我的个娘哎，这些个万人操的哎，你偷了我让我怎么活啊？我的个娘哎！

刘大胖哭着哭着发现脚上的鞋没了，一边抹着鼻涕眼泪，一边四下找鞋。其实，鞋子根本就没离她而去，就在她眼皮低下，只是她刚才没顾及它。她发现了鞋子，同时发现鞋壳里有一堆钱，一块两块的，

刘大胖进京

五块十块的。她慌乱地喊，谁的钱！谁的钱啊？又有人往她的鞋壳里扔钱。刘大胖茫然地端着鞋，刚想嚷嚷，一直在对面蹲着的一个男的说，哭啊，哭啊，都一百多块了，我替你数着呢。刘大胖白了他一眼，要你管！

男的一脸嘲讽，说，你真有创意。

刘大胖瞪了他一眼，扬起拳头，骂道：我姨招你惹你了？你骂我姨，我骂你姨个 X，你姨个 X……

男的赶忙摇头摆手，我是说你有创意，不是骂你姨。创意你懂吗？他用比划着，就是创造新意。简单说吧，叫点子。

刘大胖一头雾水，严肃地问：什么创意，什么点子？

男的说搂钱的创意。

刘大胖说什么搂钱？

男的指了指她的鞋说搂钱就搂钱谁有本事谁搂钱。

刘大胖明白了，是她刚才坐在那里哭，人家把她的鞋子当成募捐箱了。刘大胖说，你滚，我不是那种人。

男的说你是河南人？刘大胖说河南怎么了？男的往前移一步说你是永城的。刘大胖说永城就永城。男的往前又移了一步说我是永城魏庄的，离县城十八里。刘大胖惊奇地盯住男的说，我是西刘庄的。男的凑到她脸前，说，老乡啊！刘大胖在男的肩上狠狠地一拍：差十里地，邻居！男的被她拍得栽歪在地上，爬起来说，你一天能哭多少钱？发了吧？刘大胖愣了一下，明白了，说，你娘的腿，谁卖哭啊，我的花书包让人给偷了，钱没了。男的说，不信。刘大胖不说话了。她觉得口渴，嗓子眼里像咽了棵火球。男的从裤子口袋里边掏出一瓶矿泉

113

水递给她，说，喝吧！

刘大胖犹豫一下，接过来，一仰脖子咕噜咕噜喝了个净光。男的亲热地笑着，大姐，你去哪，我送送你。

刘大胖翻白眼瞪了瞪他，没吱声。

男的说得很诚恳，亲不亲，家乡人，你说对不大姐？看你在大街上卖哭，要不是家乡人我才不管呢，对不大姐？刘大胖纠正说，我不是卖哭。男的说，对对对，我用词不当。看你孤身一人流落街头，我要是不管不问，就不佩做你老乡，对不大姐？

刘大胖警觉地四下看了一眼，谁孤身？我老公他，他在那边排队买公共汽车票！

男的嘿嘿笑了，说，大姐，咱老乡不少人刚来北京都投奔我。不瞒你说，我工地上咱东西村的有二十好几个。我来车站送一个厨房的回老家，正打算回去招一个，你要不嫌弃，先去我那帮几天忙……

刘大胖低着头想了好大一会儿。她要想一想，必须想一想，眼前这个自称为她老乡的男人是不是个骗子。瞧这万人操的个儿，一把攥两头不冒，我压也把他压死了。这样一想，她站起身拍了拍屁股，跟着男的走了。一边走着一边聊，刘大胖就知道了男的叫魏吉子，当过民办教师。他对刘大胖说，你就叫我魏老师吧！刘大胖心想，你奶奶个熊，就你读过书，老娘也是初中毕业。不过这话她没说出口。自己在北京举目无亲，现在又身无分文，这男的好赖算是根救命的稻草，嘴上得让着他。魏吉子背着刘大胖的包袱走得飞快，刘大胖抓着包袱的带子跟着他。刘大胖的家底只剩下这个包袱了，包袱丢了，她睡觉都没有铺盖。她又觉得称他一声老师也矮不了自己，于是认真地叫了

## 刘大胖进京

一声魏老师。

魏吉子说，哎！

一路上，两人聊得热火朝天。魏吉子告诉她，他来北京五六年了，工作换了十几个，北京城从南到北从西到东没有他没到过的地方。刘大胖问信访部你知道在哪儿吗？魏吉子看了她一眼。刘大胖忙说我就随口问问。魏吉子眉宇间掠过一丝不快。其实，他已经猜出了刘大胖来京的目的。

两个人坐地铁，坐公交，一个钟头后到了一条清秀的河边。魏吉子说这是昆玉河。刘大胖说哦。从此，这条河在刘大胖的脑子里就呈现出女性的姿态，在她老家，坤就是女性，坤车就是女式自行车，坤包就是女人的书包，昆玉河，女人河，她喜欢。

七拐八拐地，到了搭在马路边的一个棚子，棚子有墙，是纸板泡沫板烂木板的，后身靠着一堵结实的院墙。魏吉子开了门，把刘大胖的包袱往地上一扔，说到家了。刘大胖目瞪口呆，这就是家？魏吉子在棚子里豪迈地来回走着，在北京，不是每个人都有家的。魏吉子把胸脯拍得砰砰响：魏吉子，在北京城，有房，他向棚子外指了指：有车，怎么样？刘大胖顺着他的手看过去，门口一辆电瓶车，已经被灰尘遮得看不出颜色了。刘大胖扑哧笑了。魏吉子说，再笑一个再笑一个。刘大胖看着他那个样子，又笑了。魏吉子说，好看，你笑得真好看，比哭好看多了。刘大胖说你娘了个，说了一半打住了，这是在魏吉子家里呢。

刘大胖在屋里四处看看，问，就你一人？魏吉子点点头。刘大胖警觉地往后退了退，说那我走。魏吉子马上明白了她的心思，说你上

115

哪去？乡里乡亲的我还能吃了你？刘大胖吞吞吐吐，那，那也不好……魏吉子弯下腰把她仔细看了半天，然后说，你要是有地去你就走吧。刘大胖拎起包袱就走，走到门口站住了，出了这个门她不知道去哪儿。魏吉子在她背后冷笑。刘大胖转身把包袱扔到床上，我凭什么走？是你把我带来的，说管我吃住还给工钱。我走也行，到魏庄就说你是个骗子。魏吉子点上一支烟，一脸胜利的笑。刘大胖仔细地把魏吉子又看了看，不挂坏人相，就一屁股坐在了床上。

晚上做饭时，刘大胖知道魏吉子和他女人离婚了。晚上吃饭时，魏吉子知道刘大胖和她男人离婚了。知道双方都离婚了，两人就不说话了，魏吉子一杯一杯地喝酒，刘大胖一碗一碗地吃挂面。

晚上临睡前，刘大胖坚持在床和地之间挂一个帘子。魏吉子挂了个床单，刘大胖扒拉了一下无声无息的床单，说不行。刘大胖出去，从不远处的工地上扯下来一块彩条塑料布，当成帘子挂了起来。彩条塑料布不透明，扒拉一下哗啦哗啦响，魏吉子只要偷看她就得弄出动静。刘大胖踏实了一些，眼不见心不乱，她外衣里边只穿了件背心，什么都兜不住，两个奶子乱颤，惹事。

躺在床上，刘大胖只能看到左边的一多半电视屏幕，右边的一少半被帘子挡住了。魏吉子则正好相反。魏吉子不想看电视，就说话。魏吉子说我说你还别不信，刘大胖看电视，并不想听他说话，就当他是自言自语。魏吉子接着说，我说女的比男的更流氓你还不信，我老婆就是。魏吉子拿自己的老婆证明女的更流氓，就有了足够的吸引力，刘大胖的注意力转移过来。魏吉子说，我老婆也在北京打工，在来广营。我俩离得很远，有时候十天半个月，有时候个把月见一面。刘大帘子那边啪的一声响，魏吉子抽了自己一个大巴掌。


胖生疑，都在北京还不能天天见面？魏吉子说北京大着呢。从我住的
地方，不，是从我家到我老婆打工那地，比临沂到徐州的新沂还远几
十里。魏吉子说和老婆见了面做那事时老婆用北京话叫床。魏吉子把
老婆叫床的声音学给刘大胖听，像猫叫，刘大胖浑身起了一层鸡皮疙
瘩，她恨恨地骂了句流氓。魏吉子说我就觉得不对了，怎么不对呢？
她跟我说话用的是家乡话，怎么叫床用北京话呢？刘大胖想想也是，
叫床是情不自禁的，她在心里模拟了一遍京腔叫床的声音，别扭得要
死，由此她得出结论，魏吉子老婆的叫床肯定是跟北京人学的。她觉
得帘子那边的魏吉子很可怜。

　　巧了，魏吉子说，巧了，有一回我跟着雇主去来广营拉货，你猜
我见到谁了？刘大胖说你老婆。对，魏吉子说，我老婆，我喊她，她
没听见，眼看着她就进了路边的平房。我想给她个惊喜，魏吉子说，
我就跟了过去。你猜怎么着？刘大胖说让你捉奸在床了。对，让我捉
奸在床了，还捉奸捉双了。你这不屁话吗，刘大胖说，一个人怎么成
奸啊！魏吉子说是两个女的，一个男的。刘大胖大吃一惊，啊？魏吉
子说反正她现在也不是我老婆了，我不怕你笑话，你猜怎么着？光是
用过的避孕套，垃圾桶里就找出了六个，六个啊！帘子那边啪的一声
响，魏吉子抽了自己一个大巴掌。

　　刘大胖心被揪了一下，长长地叹了一声。魏吉子说的六个，也是
她耿耿于怀、恨之入骨的数字……

　　你老老实实给我说，你给那熊妮子多少钱？十多年年前，风尘仆
仆从县城出差回家，在床上捉到老公和邻居家一个女孩搞破鞋的刘大
胖，举着菜刀这样审问老公。在她老家，有家室的男人和别的女人之

117

间那种事叫搞破鞋。她老公吞吞吐吐地说出了六这个数字。刘大胖一屁股坐在地上嚎啕大哭。六千元，意味着她开着自家的拖拉机风里来雨里去来来回回跑县城送货好几十趟。她连六元一件的新围巾也舍不得买。老公搞破鞋却如此大方。

那一次，她一连半个多月也没和老公搭一句话。

又过了六年，她老公和一个26岁的女人好上了。开始，她老公和那个女人偷偷摸摸，到了第六年也就是去年，她老公跟她离了婚。所以，刘大胖对六很敏感很忌讳。

帘子那边的魏吉子还在絮叨，刘大胖已经没有心思听了。

二

刘大胖虽然有防备，虽然力气大，但还是被魏吉子占了便宜。

在刘大胖老家，女人被男人占便宜是一种含蓄而又模糊的说法，从言语上的意淫，到动手动脚，再到实质性的占有，范围十分宽泛。刘大胖被魏吉子占便宜是最严重最彻底的那种。

上半夜，刘大胖一直很警觉，竭尽全力支撑着不让睡意占上风。但就是因为神经太紧张，加上过于劳累，到了下半夜睡得很死。她睡觉喜欢四仰八叉的，像午间盛开的月季花。先是一个硬硬的物件进入了她的身子，接着是一种快感激活了她的身体，待快感积累到唤醒了她的意识时，她开始反抗。刘大胖的反抗分裂成了两个部分，她意识分明地要让魏吉子下去，但却指挥不了自己的身体，不仅指挥不了，那个恬不知耻的身体竟然迎合着攫取着魏吉子精壮的身子。刘大胖嘴里骂着魏吉子流氓，身子却缠绵在魏吉子的攻击里。这种相悖的表现

## 刘大胖进京

极大地刺激了魏吉子，也极大地刺激了刘大胖自己，直到两人被热汗蒸腾成一滩烂泥。

喘息平定后，刘大胖啪地一个耳光抽在魏吉子脸上。魏吉子嘿嘿笑了。没想到第二个耳光又打过来，然后是第三个第四个疾风暴雨般地猛烈地击打着魏吉子那张瘦脸。魏吉子被打急了，反手照着刘大胖那张满月般的脸就是一巴掌。刘大胖愣了一下，有力地还击魏吉子，魏吉子也不示弱，回手又是一下。两人一人一下地抽着对方，直到刘大胖嚎啕大哭。

刘大胖头拱着枕头，屁股高高地撅起来，像一匹母狼那样嚎哭。魏吉子看着被击败的刘大胖干笑，笑着笑着就傻了。刘大胖的哭声惊天动地，低频处引发了棚子的共振，声音在夜空里排山倒海地向着远方铺展。魏吉子慌了。姐，姐，魏吉子说，姐你甭哭。刘大胖哭声依旧。魏吉子没辙了，起身开了灯，去堵棚子的窟窿。棚子窟窿多，他把报纸纸箱子塑料布都用上了，才稍稍放心。好不容易堵好了窟窿，回过身来却发现刘大胖不哭了，正坐在床上睁大眼睛盯着自己。

你得负责。刘大胖指着魏吉子，十分认真地说。

我负责我负责。魏吉子连声说。

沉默了一会儿，刘大胖问，你怎么负责？

魏吉子挠着头皮，反问，你让我怎么负责？

刘大胖躺下了，两眼瞪着屋顶，好像自言自语，说，你负不了责。

魏吉子说负不了你还让我负。

刘大胖忽地坐起身，大声吼了一句；负不了也得负。

魏吉子慌张地朝门上看了一眼，又慌张地说，我负我负。

刘大胖问，你怎么负？

魏吉子又反问，你说我怎么负？

刘大胖拍着床头，说，你自己说。

魏吉子又挠头皮，你想什么意思，你想要钱？

刘大胖火了，钱你娘了个腿！你老婆才要钱，你老婆才是卖的！

你刚才对我干的事是强奸！

魏吉子急了，你，你放屁。

刘大胖说我告你！说着就穿衣服。衣服很简单，一下蹬上裤子，两下穿上外衣，第三下就把鞋认上了，起身就要往外走。

魏吉子不服气地说，我那能算强奸吗？

刘大胖站下了，但并未回头。

魏吉子说你自己是愿意的。

刘大胖说我不愿意。

魏吉子说不愿意你还死死地搂着我，不愿意你还拿两条腿箍着我。魏吉子说的是实话，刘大胖也不说假话。刘大胖说我心里不愿意。

魏吉子说，噫嘻，还心里不愿意，谁信呢！刘大胖转过身来盯着魏吉子，一字一顿地说，警察信。

刘大胖拉开门就走出去，魏吉子慌了，这事只要沾上警察准没好事。他追出去拉住刘大胖，大胖姐姐，大胖姐姐，这黑天半夜的你上哪去！回来回来。刘大胖挣脱了他，往远处跑。魏吉子追上去再次把她抱住。刘大胖劲大，没想到瘦得像猴子一样的魏吉子劲更大，两人拧巴着回到了门口。在进门的时候，刘大胖急了，一口咬住了魏吉子的胳膊。魏吉子咬牙忍着，把刘大胖拖进了棚子里，并顺手挂上了锁。

　　两人喘息着相互盯着对方。魏吉子先软了下来，他把目光引向了自己的胳膊。魏吉子的胳膊上，青紫的牙痕里渗出血来。他把胳膊展示给刘大胖看。刘大胖说这就是证据，我不愿意的证据，我裤衩里是你强奸的证据。魏吉子顺着刘大胖的思路想了想，自己的强奸无疑是成立了，他背后的汗毛一根根立起来。魏吉子再模拟警察的思路想想，人证物证反抗的证据确凿，强奸还是成立了，他的冷汗唰地冒出来。他张扬的身子缩起来，话软得像稀粥，大胖姐姐，我错了，是我错了，我给你赔不是。刘大胖说我不要你赔不是，我要你负责。

　　魏吉子说是是我负责，我一定负责。

　　刘大胖说你怎么负责？

　　魏吉子不想跟她说车轱辘话了，直接说你让我怎么负责我就怎么负责。

　　刘大胖说好，这是你说的，你得进去。

　　魏吉子一愣，问，怎么进去？进哪儿？

　　刘大胖说你心里知道，你明知故问。

　　魏吉子才明白眼前这个像棉花垛一样的女人的话中意思，扑通一声跪了下来，大胖姐姐，我错了还不行吗？我打第一眼看见你，就喜欢上了你。你人长得富态，一脸慈善，就像，就像个活菩萨。我……

　　刘大胖好像心软了。一个男人那么夸你，你心里能不高兴？她慢腾腾地在床沿坐下，抹着眼泪说，我，我……你是除了我过去的男人之外唯一一个占我身子的男人。你得对我负责。

　　魏吉子此刻不顾一切了，他说你让我干什么我就干什么。

　　刘大胖说我让你杀人放火你也去？

魏吉子以为刘大胖是气头的话，或者是在考验他，拍着胸脯信誓旦旦地说，你让我杀人我杀人你让我放火我放火。

刘大胖说这是你说的。

魏吉子说我说的。

刘大胖说，那你去把我那个没良心的男人和他当副镇长的狗头叔杀了，把那个硬判我离婚还不把房子判给我的法官弄进去！

魏吉子说，真杀？我就是一个比方。那副镇长我敢？那法官我能给弄进去？我要是县委书记还差不多。

刘大胖说，要不答应你就得进去。

魏吉子口气渐渐硬起来，目光也变得冷了。他说，大胖你要是硬逼着我杀人，我还不如把你杀了省事。

刘大胖意外地看着魏吉子，一下子语塞。

魏吉子说，有人知道你见过我吗？

没有。魏吉子说。

魏吉子说，有人知道你来过我这里吗？

还是没有。魏吉子说。

魏吉子说，不错，我弄你了，可是你要是不愿意你打我呀，咬我呀，你打了吗？

没有。魏吉子说。既然没有，你就是愿意了，你愿意了，就是两厢情愿了，两厢情愿了，就是两情相悦了。我说话凭良心，大胖姐姐你也凭良心说我说的是实话吗？

是实话。魏吉子说，那你又何苦呢！

刘大胖说，我心里苦。

魏吉子说我知道你心里苦，咱们乡下人有心里不苦的吗？

刘大胖说放屁，我原先心里不苦。

魏吉子说算我说错了，咱们离了婚的有心里不苦的吗？

刘大胖说知道我心里苦你还强奸我，你狼心狗肺！

魏吉子说是是是我狼心狗肺。

刘大胖说那你承认你是强奸我。

魏吉子说我承认，当然承认。

刘大胖说空口无凭，你写下来。

魏吉子说我不写，我写了你就能拿着去告我。

刘大胖说你写了我不告你，你不写我这就去告你。写不写？

魏吉子说那我就写。

魏吉子写了张纸条：魏吉子和刘梅花好上了。刘大胖看了看，你的字写得不孬呢！不过，你写得不对，不是我和你好上了，是你强奸我！此时的刘大胖心里已经有了主意。

魏吉子当然不愿任凭刘大胖摆布。他说，你个早上起来看看，咱这河边一溜儿好几处这样的人家。你再打听打听，那夫妻里有几个是真夫妻？半路碰上，你有难心事我有难心事，你要糊口我要吃饭，看上去还顺眼就在一起过了。我离婚了，你也离婚了，合适咱俩一起过日子，不合适就散，你要真在北京有落脚地有富亲戚，那你想怎么做就怎么做。

魏吉子这一番话说得刘大胖哑口无言。她沉思了一会，问魏吉子，你今年多大？

魏吉子眨了眨眼，说，我三十三，整三十三。

刘大胖吞吞吐吐地说，我大你三岁咧。

魏吉子嬉皮笑脸地说，女大一黄金飞，女大两黄金长，女大三黄金堆成山。我愿意。

刘大胖心里乐滋滋的，脸上泛起红晕，一下子蹦到魏吉子面前，把他刚才写得字条翻过来，你写上，魏吉子永远爱刘梅花。她看着魏吉子蘸着他老婆扔下的半支口红摁了手印，目光更加温柔，朝魏吉子看了看，剥去衣裤躺倒床上。魏吉子不知所措。刘大胖又拿眼睛招呼他，柔柔地喊了声，过来呀。

刘大胖的声音击中了魏吉子神经最敏感的部位，魏吉子一下子酥了。和上次不同，上次的刘大胖和魏吉子拼得是激情，这次刘大胖给了魏吉子无边无际的柔情。

魏吉子哭了。

## 三

魏吉子去趟路了。这是他答应刘大胖的。刘大胖告诉了他她的冤情，告诉了他她来京的目的是上访，让他去趟趟信访部的路。京城那么大，她说自己两眼一抹黑。

魏吉子刚走，就来了辆上半边草绿下半边屎黄的出租车。司机说洗车。刘大胖想了好一会，端起脸盆就给人家洗。司机问：你新来的？刘大胖点头。司机说你男人没教你洗车？刘大胖又点点头。司机瞅了她一眼，自己把墙边的一个小机器打开，哗哗的水流夹带着雾气就从水枪里喷出来。刘大胖乐坏了，抢过水枪就没完没了地冲洗车子。司机喊，好玩吗？刘大胖点头，好玩。司机说把我的车冲秃噜皮了你赔得起吗？刘大胖狐疑地看看司机。司机关了机器，扔给刘大胖一块布，擦。

车洗完了，里里外外焕然一新。司机很满意，你这娘们干活不惜力，行，给钱。说着掏出十块钱。司机说本来你男人都是收十五，我教了你半天，收你五块钱学费，给你十块，不欺负你吧？刘大胖说不欺负不欺负，十块就十块，不给都行。乐呵呵地收了人家十块钱。司机上了车，伸出头来，你这娘们不错，就是有点傻。刘大胖心里说你娘了个腿，傻还挣了你十块钱呢！谁想司机开了几步，又把车倒回来，跟刘大胖说，记住了傻娘们，再洗车收人家十五块！

刘大胖一天洗了七辆车，一辆十块的，六辆十五的，挣了整整一百块。刘大胖乐得半个小时没睡着觉，想着魏吉子挣钱的门道，回味着魏吉子把她弄得浑身酥软，幸福极了。她是个一闲下来浑身不舒服的人，没车洗的时候就收拾屋子，里里外外彻底收拾了一遍，棚子内外干干净净亮亮堂堂，晚上还到昆玉河边的花池子里挖了十几棵花栽到捡来的塑料盆罐里，棚子里立马一片生机盎然了。

看看家里没有一片菜叶，她又到附近的菜市场买了菜。到了晚九点，她算着魏吉子该回来了，又跑到远处的小卖部里拎回来一筐啤酒，然后开始做饭。这时，有人从后面抱住了她。刘大胖浑身一下子就酥了，她仰起头，让自己的脖子沉浸在那人的气息里。那人说我是谁？大胖说魏吉子，强奸犯。魏吉子把她扳过来，面对面抱她，刘大胖说，想弄就关上门。

弄完后，刘大胖把魏吉子箍在自己身上不让他下来。魏吉子也不想下来。刘大胖问，找到了？

魏吉子说找到了。

刘大胖问，你没给人家说我要上访？

魏吉子说，当然说了。

刘大胖说，包丢了，材料都丢了，你得帮我重新整。

魏吉子说，那没问题。别的不敢吹，写人民来信老子是天下第一笔。我帮人告倒过省长市长，何况你那一个副镇长呢！说着，突然问刘大胖，你不告我强奸了？

刘大胖说，我天天让你强奸。

魏吉子说骚娘们，我还弄你。

刘大胖说只要你有劲。

魏吉子说你看我有劲没有劲。说着真的硬邦邦地动起来。

刘大胖哦了一声，魏吉子你是驴呀！

两人再次从瘫软中恢复过来后，刘大胖带着魏吉子里里外外地巡视他们焕然一新的家。

魏吉子又哭了。刘大胖把魏吉子的脑袋揽在自己的胸脯上，抚着他又涩又硬乱草般的头发，心里再次涌满了幸福。爱哭的男人性情真。

当天夜里，刘大胖和魏吉子一个说一个写，启动了刘大胖进京上访的第一个程序。

刘大胖的老公叫大军子。她嫁给大军子时，大军子只是个长得有点儿帅气的乡下小伙，和她一样在镇上一家小工厂给人打工。刘大胖干活不惜力，每天早来晚走，又爱帮人，在打工一族中颇有威望，老板也算慧眼识人，让她当了个小工头。大军子当时属她管。与她相比大军子懒多了，也油滑多了，人缘更是差多了，她让着他，护着他，她认定了大军子，一来二去，两人就好上了。




　　帮着他，还把自己的工资给他买烟买衣服。她的好友二妮子多次骂她傻，说你个熊妮子早晚得让大军子给坑了！她认定了大军子，一来二去，两人就好上了。所有的人都相信是她刘大胖给大军子带来了好运气。几年前西刘庄前的那条公路改道，公路两边那些看不到头的一搂抱粗的大杨树要砍掉，刘大胖看上了那些树。刘大胖不知道那些树能做什么，只是打心里喜欢它们挺拔茁壮的样子。她拉着大军子找到了他的大舅宋老磨，宋老磨是外号，身份是镇信用社的主任。刘大胖当然不白去，用地排车拉去了整只杀好的猪，一只咩咩叫着的羊，六只大红公鸡和两筐鱼。刘大胖对老磨舅说我想买下那些树。老磨舅瞅瞅地排车上山一样的礼品，他不缺这些，但却被大胖送礼的气势镇住了。老磨舅说我也想买下那些树。大胖说那咱就伙着买。老磨舅说凭什么？大胖说你是公家人，犯忌。老磨舅笑了，说伙着买就伙着买。那些树就归大军子了，当然，有一半是老磨舅的，老磨舅给的贷款。

　　老磨舅早就规划好了，不光买下了树，还买来了机器办起了胶合板厂。胶合板厂是在大军子的地上建的，当然，那块地有刘大胖的一半。工商的企业登记证上法人是大军子，实际上支撑着胶合板厂的是刘大胖。她管生产，一有空就和工人一起干活。她管运输，一开始自己亲自开着拖拉机朝县城送货。她管销售，请客户吃饭十次有八次喝得酩酊大醉，大军子却滴酒不沾。她有时还当伙夫，给几十号子人做饭。胶合板厂很红火，大军子也很红火，电视上广播喇叭里说到胶合板厂时都是说大军子怎样勇于改革，大军子怎样科学管理，大军子怎样有善心，就连他给陪他上床的女人六千元钱都说成赞助贫困家庭……

三年后，胶合板厂成气候了，刘大胖和大军的家也从平房变成了三层的小楼，拖拉机变成了大汽车，还给大军子买了辆奥迪，大军子却渐渐不沾家了。二妮子对刘大胖说，姐你该要个孩子。刘大胖说我生不了。不是刘大胖生不了，是大军子生不了，去了县医院去了市医院也去了省医院，都说是大军子生不了。大军子求她，胖，别跟人说我不生长。大胖说不说你，说我。所有的人就都知道刘大胖不生长了。

　　再后来，大军子傍上了副镇长的女儿。那个女人是个离过婚的二手货，二手货离婚的原因是因为不能生孩子。两个不能生育的男女结合的理由是刘大胖不能生育。刘大胖向大军子的爹大军子的娘，向大军子的大舅宋老磨二舅宋瘸子挨着个地说，成了喋喋不休的母鸡。可是没有人支持她。刘大胖想到了一招，找个人把自己的肚子弄大。

　　可是没有人。看上眼的人都出去了，留在家里的大多留不下什么好种。二妮子甚至大公无私地想到了让自己的老公替这个可怜的胖姐证明其具有生育能力，刘大胖抽了她一个大嘴巴。刘大胖知道，不能生育只是借口，甩了她才是目的。大军子傍上的那个二手货如花似玉，刘大胖自己都自惭形秽；那个二手货大学毕业，刘大胖只读了初中；那个二手货的爹是副镇长，出入前呼后拥，刘大胖连爹都没有。二妮子说姐，大军子和你离婚是铁定的。刘大胖说，他就死了这条心吧！

　　刘大胖没想到，镇法庭没通知她到庭，就下了大军子与她的离婚判决书。刘大胖更没想到，厂子判给了大军子，房子判给了大军子，车子判给了大军子，判给她的只有大军子和她结婚前的老房子——两二妮子说留得青山在，男人接下联，不怕没柴烧。


间已经摇摇欲坠的旧瓦房。镇法庭负责此案的法官说按法律规定，大胖你本不该得这么多。刘大胖说法律规定是多少？法官说法律规定只是个大概齐，不说多少。刘大胖不服，她说那厂子，那机器大概齐有我一半。法官说按法律规定，厂子机器都没你的份儿。刘大胖说哦，那该归老磨舅？法官说怎么能是他呢？机器是从人家浙江赊来的，后来转成了股份。刘大胖说不是，是贷款买的。法官说按法律规定是要有证据的，你看这，这是证据。法官展示了一张纸，纸上血红的大印盖了好几个。刘大胖不说话了，再也不说话了，人家挖了一个深不见底的坑　她已经跳进去了。

那就拆。反正是我的，谁也别想用，拆。可是拆不成。二手货带了一条大狼狗放在厂子里，德国的。大狼狗谁都不咬，只咬刘大胖。德国的狼狗很敬业，睁着血红的阴险的眼睛盯着刘大胖，刘大胖连大门都进不去。刘大胖觉得一股气憋在了肚子里，胸整整大了一圈。

烧。她想，烧。二妮子说不行，表姐真的不行，你烧了就犯法了。二妮子的男人也跟着说不行，二妮子男人是个怂货。二妮子宽她的心，说烧了就什么都没有了。二妮子男人说可不，没有了。二妮子说还犯法。二妮子男人说犯法。二妮子说留得青山在，男人接下联，不怕没柴烧。

刘大胖咽不下这口气，于是开始了她职业上访的生活。头半年，她每天都到镇政府、镇法庭去上访。她哭，她闹，她甚至拿着剧毒农药的药瓶在镇法庭门前扬言不公正判决就喝下去。结果是没有任何结果。二妮子劝她说，姐你告大军子没用，你们两口子离婚的事是家事，政府怎么管。刘大胖想想也对，那我就告法庭，告那个让自己闺女跟人家当小的副镇长。没想到这样一告，把她自己告进去了。原因很简单——诬告。法庭判决没错，副镇长更没有让自己的闺女跟大军子，两人是自由恋爱。这一次刘大胖被关了半个月。她回到家，大军子就让二妮子捎话过来：刘大胖个熊娘们再胡闹，就让她没有立足之地。

刘大胖恼羞成怒，万人操的，我就要告，看看谁笑到最后！

你就这样一步进了京城？魏吉子放下笔，帮刘大胖擦拭着一脸泪水。刘大胖一把抓住他的手说，你要是真想要我，我就跟着你过。魏吉子抬头看看她，说，过一辈子？刘大胖说一辈子。魏吉子把酒瓶子伸过来那就一辈子。刘大胖说等等，然后启开一瓶啤酒，也把酒瓶伸过去，两只酒瓶的脖子哒啦碰在一起，说，一辈子。刘大胖一口气把一瓶啤酒喝干，把酒瓶子在地上摔了个粉碎，说刘梅花说话不算就把这酒瓶变成原样！魏吉子也把酒瓶子摔在地上，说魏吉子说话不算，就像这只酒瓶！

魏吉子把长达十几页的信念了一遍，刘大胖边听边让他改。这里不对，大军子和那个骚货一好上就住一起了。魏吉子说按法律规定，一方有第三者插入，应当加倍赔偿另一方。说着，昂脸看看刘大胖，你们家产值多少钱？刘大胖很惊觉，姓魏的你啥意思？我上访是为了出口气！接着，她又一针见血地指出魏吉子写副镇长没写对。那个万人操的副镇长和他闺女支持大军子把我扫地出门。魏吉子沉默了一会儿，说要不咱不写副镇长？刘大胖问：为啥？魏吉子挠着头皮说，副镇长是个官，自古民告官……？刘大胖火了，就告他！你魏吉子别当孬种啊！

折腾到了天亮，信总算写完了。魏吉子说我们去复印十份寄给领高楼在阳光下气势逼人，刘大胖猜不出楼里住的都是什么人。

导。刘大胖问信访部还去不？魏吉子说，去。

# 四

信递上去一周后的一天，魏吉子吃了饭跟着客人去拉货，临走时给了刘大胖一个手机。手机很旧，是魏吉子两年前洗车时捡的，本来要给他老婆，老婆看不上。刘大胖拿着手机很高兴，她的手机和花书包一起丢了。刘大胖坐在棚子门前的阴凉里等着洗车。明晃晃的太阳照着马路对面的高楼，高楼的影子刀刻般整齐有力。高楼在阳光下气势逼人，刘大胖猜不出楼里住的都是什么人，她设想要是自己住进去，天天在云端吃饭睡觉肯定会犯晕。她环顾自己和魏吉子的棚子，棚子里外干干净净，弥漫着饭菜的气息，啤酒的气息，还有她和魏吉子弄出来的气息，对她来说，这就是家的气息，幸福的气息。虽然她的棚子只是高楼脚上的一粒灰尘。

洗完了三辆车，刘大胖重又坐回棚子门前，开始想魏吉子。她想着这个精壮的男人会在晚霞里也许是路灯下沿着这条杂乱的马路回来，回到这个棚子里，回到仿佛高楼脚上的一粒灰尘般的家。她知道这个男人回来的时候心里不会是酸楚，因为家里有热腾腾的饭菜，有清凉的啤酒，有她，还有她们喧嚣的夜。刘大胖心里充满了久违的幸福。她在幸福的驱使下给二妮子打了个电话。

二妮子是一个麻雀般饶舌的女人。刘大胖并不喜欢二妮子，可是刘大胖的父母去世后，二妮子成了她为数不多的亲人。刘大胖对着电话喊，二妮子，我是胖。哎呀是姐呀！二妮子像只麻雀般在电话里嚷嚷上了。她说姐呀你现在出名了，出大名了！刘大胖一愣，还不是大军子和那个女人害的，我恨死他们了。正说着，一只蚂蚁从她脚下慢腾腾移动，她狠狠地踩了一脚。二妮子在那边高声喊着，姐呀，人家都说你到北京找到靠山了，是不？刘大胖说，我靠，我靠个……二妮子没等她说完又叫，姐，我得去北京找你。你还记得我给你说过我姨家的冤屈事不？就是我县城那个二姨。她那片十几家的房子被拆迁，赔偿的太少。她和那些邻居一直在告，也没个下落。她听说你的本事大，死活拉着我到北京找你。我打昨个起就给你打电话，一天打十八遍，你手机都关机。这不，你要不给我来电话，我还不知咋联系你呢。刘大胖让二妮子说得晕头转向。她说，二妮子你等等，你刚才这些话啥意思？二妮子说啥意思，找你这大能人帮忙呗！姐你放心，我姨他们说了不让你白帮忙，给你表示！

刘大胖是个精明人。她马上明白家乡那边发生了什么事，也立马想到了和自己到信访部上访递交材料有关。她故意沉吟。沉吟一是给自己时间，二是让二妮子把话说明。二妮子果然说个没完。她从大军子和刘大胖离婚，说到想刘大胖想到茶饭不思的牵挂。最后说，你恨得牙根痒痒的那个副镇长前儿被"双规"了。姐，"双规"你懂吗？刘大胖嗯了一声。二妮子说，咱这儿的人都说是你把他告进去的。大军子的新媳妇放话说弄死你！

刘大胖愣了一会，接着像连珠炮一样，一连问了二妮子几个问题：他真进去了？二妮子说真进去了。刘大胖问，知道能判几年不？二妮子说老百姓传说他的事很重。刘大胖问，胶合板厂还开工不？二妮子说开着呢。刘大胖问，那个女人呢？二妮子说在呢，眼泡都哭肿了。刘大胖问，大军子说和他离婚了吗？二妮子说，唏，你还想吃回头草

## 刘大胖进京

啊？刘大胖说去你的，他跪八天八夜求我，八抬大轿抬我，我也不会回头。二妮子我给你实话实说，姐已经有人了，他在北京路子很野。不然，怎么能把那个万人操的副镇长给弄进去……二妮子没听她说完就尖叫一声，唏，姐你真厉害。这样吧，我明儿就带我姨去找你。没等刘大胖往下说，二妮子挂断了电话。

就在这时魏吉子兴冲冲地回到家，急不可耐地抱住了刘大胖。

刘大胖没动。魏吉子用他的气息烧她的脖子，烧着烧着自己下边的家伙梆梆地硬起来。刘大胖伸手牢牢地抓住了魏吉子下面硬邦邦的家伙，滚，信不信我给你割下来喂狗子？接着，一把菜刀准确地架在了那个家伙的根部。

魏吉子愣了一下，接着嗷嗷地叫起来，脸色像黑暗里的一张白纸。胖，胖，你这是咋了？

刘大胖突然泣不成声地说，成了成了。魏吉子不解地看着她，好大会儿没有反应过来。胖，胖，啥成了？咋成了？他的下身还被刘大胖攥着，疼得像刀子割。刘大胖的手则仿佛被粘在了他下身那家伙上，嘴上说着话，手却没开。她问魏吉子，你说那万人操的副镇长能判几年？魏吉子咧咧嘴，摇头。她又问：我的事能改判吗？胶合板厂能给我分多少财产？魏吉子咧咧嘴，摇头。刘大胖急了，一脚端开魏吉子。魏吉子双手抱腰，哎哟哟地叫着蹲在地上。刘大胖这才意识到自己下手太重。她也蹲下，抱着魏吉子的头，深怀歉意地说了一堆赔礼道歉的话。然后猛亲了魏吉子一阵子，说，听说那个万人操的副镇长给抓了，我心里甭提多高兴。咱告状赢了！这里有你的功劳呢。

魏吉子这才明白刘大胖刚才为什么那样忘乎所以。

133

刘大胖说，老公咱得好好庆祝庆祝。我还得好好敬你一杯。

刘大胖炒菜做饭的时候，魏吉子一边揉搓着还在隐疼的下身，一边犯着嘀咕。他想这刘大胖可能被人给忽悠了。信才送上去一个礼拜，人家信访部门还没研究，即使研究了，往下批转了，信肯定还在路上走着。到了地方，还得调查取证，没有三五个月甭想有结果。副镇长就是真的被抓了，也与刘大胖的信没关系。当然，这话他不能对刘大胖说。对刘大胖说了，等于也否定了自己的功劳。他现在需要在刘大胖面前多立功。可是，吃饭的时候刘大胖一说二妮子要上北京来上访，他却忍不住叫开了，你怎么骗人呢？谁路子野？是你，是我？胖我给你说我可没本事把人家副镇长给告进去。他被"双规"肯定是东窗事发，咎由自取。咎由自取你懂吗？

刘大胖说，就是你的状子写得好，信访部才重视。我在家时状子写了几摞高怎么没起作用。说着给魏吉子碗里挟了一块肉。她用洗车挣来的钱买了二斤肉，三斤鸡蛋，还有四盆花。她喜欢种花养花，打小就喜欢。

魏吉子说，没那事。我比你知道的多。

刘大胖说，我打小就知道老师也喜欢作文写得好的学生，你当过老师还不懂这点？

魏吉子不吱声了。他心里明白给刘大胖说不清楚。说不清楚不如不说。反正不是我魏吉子让你老乡来京找你。你老乡来京你刘大胖接待，安排，我顶多帮着写封信，这也不是什么难事。要是不答应她，惹火了她，她拍拍屁股走人了，老子岂不又成了光棍？

刘大胖还沉浸在喜悦之中，得意洋洋地说，这回我算扬眉吐气了。

## 刘大胖进京

想想大军子和我闹离婚那光景我就心寒。从镇上到村里多少人见了我都不拿正眼看我，好像是我先在外边养了汉子对不起大军子。其实呢，是他们七大姑八大姨什么的在我家胶合板厂工作，怕和我来往得罪大军子。现在让他们看看，我刘大胖离了大军子照样活得痛快。

魏吉子说，痛快。

刘大胖说，共产党的天下就是有讲理的地方。他大军子和他媳妇不是仗着有靠山吗？怎么样，这靠山让我一个弱女子给告倒了。

魏吉子说，就是，有讲理的地方。

刘大胖扒拉两口饭，认真地看着魏吉子，问，二妮子的事咱弄成弄不成？

魏吉子反问，弄成弄不成？

刘大胖说，问你呢。

魏吉子说，那得看她姨到底冤屈不冤屈，咱不能在这儿瞎胡猜。

刘大胖说，那就让她带她姨来？

魏吉子未置可否。

人逢喜事精神爽。刘大胖心里高兴，吃完饭连锅碗也没涮，就吵着魏吉子上床。两个人折腾一阵子过后，刘大胖幸福地躺在魏吉子怀里，意犹未尽地摆弄着他的下身，突然问了一句，咱要不要去谢谢人家信访部的人？

魏吉子着实有点累了，长吁了一口气，咋个谢法？

刘大胖说，送个红包呗！我在家办厂子、跑销售，送红包是经常的事。这是人情礼节。人家帮你，你凭啥子不感谢人家。你不知恩图报，人家又凭啥子帮你？万人操的没良心的人没好报！

魏吉子没曾有过刘大胖的经历，被她这番话说得有点儿晕，思想了好大一会儿没有说话。刘大胖不耐烦了，扯了一下他的下身，疼得他咧着嘴哎哟哎哟。刘大胖说我又不向你要钱，你害怕个熊？我打明个起每天多洗十辆二十辆车，半个月下来就能挣够一个大红包钱。魏吉子问：你送给信访部的谁？你又认识信访部的谁？再说，谁谁能收你的红包？

刘大胖被魏吉子一连几个谁给问住了。但是，魏吉子这一连几个谁也让她心里不高兴。她翻了个身，背对着魏吉子，小声骂了一句让魏吉子听不懂的话。

第二天，二妮子果然就来北京了，果然带着她姨来了。刘大胖接到二妮子的电话才犯了愁：我的个娘哎，我在哪见二妮子呢？总不能把她和她姨带魏吉子的破棚子里来吧？二妮子你可害苦姐姐了！

魏吉子看出刘大胖的心思，点拨她说，胖你别愁。这北京城大，请亲戚会朋友都不在家里。你可以约个吃饭的地方，和二妮子她们在那地方见。

刘大胖瞪了他一眼，刚要发火，突然又嘿嘿笑了，拍拍他的脑袋瓜子，你这一说还真提醒了我。别说北京，就是在咱老家找人办事也不是往家里拉，饭店、茶社、歌厅、洗脚房……

魏吉子说我呸，那破县城还有歌厅洗脚房？

刘大胖这回瞪眼了，咋的？咱那县城有一条街都是开歌厅洗脚房的，里边的小姐长得不比北京的差。你没吃过葡萄还不知道葡萄啥滋味呀？给你说吧，我有十几家歌厅洗脚房的打折卡。那些店的老板老板娘哪个见我不是胖姐胖姐地叫唤得甜蜜蜜。别忘了。我也是当地……说着，她眼圈红了，也不往下说了。再往下说她又会哭天抹泪地控诉万恶的大军和那个副镇长。魏吉子也怕她伤心，转移了话题，胖你就选个吃饭的地方。刘大胖问：你去不？眼睛却上下打量着魏吉子。魏吉子穿着件不知从哪儿拣来的酱红色的工服，上边写着保洁二字，两个胳膊肘儿都破了洞，五个扣子少了三个。他的头发也有几天没洗，发间散落着头皮屑。让她最恶心的是他两个眼角残留的黄泥巴一样的眼屎。她相信如果魏吉子出现在二妮子面前，二妮子肯定会吓得转身就跑。在乡下也不好找这样脏的男人了。她心里同时陡生几分悲哀：唉！我大胖这两晚就是和这个男人搞得天昏地暗啊？

床头的柜子上有一块四方型的镜子，那是魏吉子在报废车上摘下来的倒车镜。刘大胖用它照了照了魏吉子，看看你个熊样！去，洗洗你的头脸。

魏吉子唏了一声，是长音。他们老家都把这一个字拖十几秒。他说，就我这熊样帮你出了恶气。你现在又嫌我了是不？大胖说，没有，没有，我没嫌你的意思。我是让你打扮得精神点儿去见二妮子。免得二妮子那张嘴回去胡说八道。她边说，边给魏吉子打水，端着脸盆的手抖着，又说，看北京这熊水，跟咱家那烂泥塘里的水差不多。

## 五

人的运气来了挡都挡不住。二妮子带她姨来北京一趟，走后刚 20天，给刘大胖打来电话，掩饰不住心里的高兴，声音有点儿颤抖，胖，胖姐，这回我打心里服姐姐你了。

刘大胖马上明白二妮子话中的深刻内涵。但是，她还不能马上确定，小心地试探着问：你姨给你说了？她不知道二妮子的姨那边的事有没有结果，但又不能直接问有没有结果。如果有了结果，她那样问反倒会引起二妮子的猜疑：你找人办的事你自己还不知结果啊？如果没有结果，她那样问同样会引起二妮子猜疑：到底是不是你刘大胖找的关系啊？你找的关系怎么还向我问结果？而刚才这样问，可进可退，留有余地。"你姨给你说了？"二妮子如果回答说成了，刘大胖可以说我已经知道事情成了。二妮子如果说黄了，刘大胖可以说再等等。

二妮子说，姐啊，我姨专门来我家，给我说上次和我一起去北京给你那留的两万钱的事。

刘大胖一愣，眼睛马上转向床头的枕头上。上次二妮子来留下的两万元钱就藏在枕头里，她一分也没有动。不是她不敢动，是没地方花。

二妮子在电话那边激动地声音都变了，我姨说了，她花销两万把事情办成了。她左邻右舍都夸我姨有能耐。他们又凑了两万元钱，赶着我姨上北京感谢你。

刘大胖马上明白了：二妮子上回带她姨来北京找她办事办成了。她又激动又兴奋，说话的声音也响了，二妮子你千万不能这样子。那钱……她原本想说那钱不能收，可到嘴边犹豫了一下又改了口，那钱得给帮咱办事的人家。下回再还得找人家办事，二妮子你说对不对？

二妮子连说对、对、对！姐，我还有话不知当说不当说？

刘大胖心里乐滋滋的，二妮子你弄啥呢？咱姐们有啥话还当说不当说。有话就说有屁就放，你和我还客气。

二妮子有点吞吞吐吐，姐你在北京的路子这么野，不如我帮你专找这样的活。你挣大钱我挣点跑腿钱。

二妮子的这句话让刘大胖来了兴致。魏吉子确实写得一手好字一手漂亮文章，前两封信寄出去后都有了回音，可以说百发百中。写一封信，花那么点点邮费，就可以赚两万，这生意值得做。刘大胖毕竟是做过生意的，有生意人的头脑。她沉吟一会儿才接上二妮的话。她说这事要分大事小事，不都是花两万元钱能做的。

二妮子说我懂啊姐，我姨这事前后不就花了四万吗？去北京给你带了两万，过两天再给你卡上打两万。

刘大胖说，这四万我可没沾一分，都送给办事的人了。说这话时，她向床下瞟了一眼。二妮子来京时给她的那两万现金，就放在床下两只鞋子里。

二妮子爽快地说，那我让我姨赶快把那两万汇给你。以后再找办这事的人，咱掂量掂量，事大的咱就多要，十万八万二十万，保不准还有三五十万的事。我姨给我说，她婆家大姑姐的老公……

刘大胖不耐烦了，什么七拐八拐的，她婆家大姑姐的老公不就是你大姨小孩的姑夫吗？你照直说不就成了。她没想到，她的话比二妮子拐得弯子还长。

二妮子说就是，就是！她大姑姐找她，说她大姑姐的老公在市里弄了块地，钱去年就交了，手续老是办不下来。最近，她大姑姐的老公听说那块地要给别人，别人在地皮上盖了临建棚子，看样子马上要施工。她大姑姐的老公急了，找我姨，想让我姨找我，再让我找你，看能不能给想想办法。接下来二妮子压低了声音，我姨说她大姑姐的老公打算花 1 个大头。

10万？刘大胖心砰砰地跳。

二妮子说，不是，再加个零。

100万？刘大胖仿佛一下子掉进了冰窖里，冻得浑身颤抖，上牙和下牙也开始打架位。往后，二妮子说了些什么，她自己说了些什么，意识里一点儿也没存下。

魏吉子回来后，刘大胖十万火急地把这一情况向他说了。当然，她对魏吉子只是说二妮子的姨打算给10万。就这，让魏吉子吓得脸色腊黄。这，这，这你也敢答应人家？

刘大胖不以为然，不就是动动笔写封信吗？

魏吉子两眼发直，问，你真以为那两件事是写信办成的？你真以为我魏吉子一封人民来信能改天换地？

刘大胖不解。

魏吉子长长地叹了一声，说，睡吧。我今天好累。

刘大胖不干，拧着魏吉子的耳朵问，你写不写信吧？

魏吉子没有马上回答。

刘大胖恶狠狠地说，你亲笔写得信还在我手里啊！

魏吉子朝她翻了翻白眼，翻身把她压在身下。早知你个熊娘们拿老子的鸡巴头子当摇钱树，喊我三声爷爷也不跟干那事！

刘大胖嘿嘿嘿地笑。

魏吉子发了疯地用力，不像是在做爱，倒像是在报仇。刘大胖扭动身子迎合着他，嘴里不住发出愉快地叫声。魏吉子恼怒地说，赶明个我就让你哭都找不着北。

事后，刘大胖睡着了，睡得像午间盛开的月季，鼾声在棚子里肆无忌惮地游走。等她醒来时，魏吉子已经不见了。她发现魏吉子从收破烂的那儿花五元钱买来的手提箱不见，墙上挂着的魏吉子的衣服也不见了。她一阵惶恐，这个没良心的，十有八九是不想和我一块儿过了。她一边流泪一边收拾自己的铺盖，背起来走出了棚子。走出一段，她回头看看被她收拾得干干净净的棚子，门前的十几盆花把清晨点缀得生动而艳丽。要是有几只鸡就好了。她心里说着就走远了。

离开魏吉子的家——刘大胖已经觉得那只是魏吉子的家了，刘大胖没有可去的地方。她靠在自己的铺盖卷上对着大街傻傻地看着。看着看着她的眼泪就流出来。魏吉子给了她前所未有的快活和幸福，她相信她已经摸到了那闪着银光的沉甸甸的幸福。她已经真心要跟这个二手货男人了，可是这个二手货居然不辞而别离她而去。她被大军子给甩了，这个男人还没等她倒过气来，以痛打落水狗的精神把她又甩了……她一次次地把眼泪收回去，又一次次地让它流出来。她觉得自己的样子一定很可笑，也一定很可怜。这样想着，她的眼泪就又一次流出来。这一次她没有让眼泪收回去，由着它流，流着流着就哭出声来。

刘大胖决定不想了。她又困又饿。困好办，天不冷，能躺平了睡觉的地方多得是，桥底下，楼门口，哪都行，可是饿却没办法。早上从魏吉子棚子里出来的时候她把所有的钱都放到了桌子上，那一刻她有一种净身出户的英勇悲壮的感觉，现在不行了，肚子咕咕叫唤。刘大胖起身四周看了看，不远处一个年轻的保安正在岗亭子边踱步。她走过去，大兄弟，我饿了，能给口吃的吗？年轻的保安仔细看了她半天，说，吃的？刘大胖说，吃的，一个馍馍就行。保安说，就一个馍馍？刘大胖说就一个馍馍。保安对着对讲机叫唤了几句，一会，另一个保安送来了两个馍馍和一袋榨菜。刘大胖拿了一个馍馍。保安说都拿去。刘大胖又拿了榨菜。保安说两个都给你。刘大胖说说好了一个就一个。保安笑了，大姐，你没毛病吧？刘大胖说你娘了个，看了看手里的馍馍，改口说，说话算话，一个就一个。保安拿出一张纸把馍馍包起来，放进岗亭子，说馍馍放在这里，你饿了随时过来拿。刘大胖咬着馍，含混不清地说，大兄弟，你心眼好，实诚，能找个好媳妇。保安说那也没有你实诚。刘大胖朝保安笑笑，一脸的感激，保安也朝她笑笑，一颗虎牙，满脸的单纯。刘大胖心情好多了。

刘大胖再一次困了。在睡着之前，刘大胖对那个年轻的保安说，大兄弟你贵姓？保安说我不贵姓。刘大胖说说你贵姓我好报答你一个馍馍的恩情。保安听懂了，咧嘴笑笑，用手指甲敲了敲自己显著的虎牙。

刘大胖带着一个馍馍的好心情睡着了。她梦见了蛐蛐，黑头长须的蛐蛐蹦到了她怀里，叫个不停。蛐蛐叫了好几遍，刘大胖激灵一下醒了，是手机。刚摁下接听键，二妮子就嚷嚷上了，表姐，着了，着了！刘大胖说什么着了？二妮子说着火了！我姨她大姑姐老公那块地上的临建房子着火了！刘大胖说什么，你再说一遍……二妮子说你脑子让粪耙子刨了？

刘大胖手机掉在了地上。

# 六

刘大胖坐在棚子门口等着。

## 刘大胖进京

她没有进屋，一直就坐在门口，终于等到了蓬头垢面的魏吉子。

魏吉子两眼直勾勾地盯着刘大胖，说，我是个男人。

刘大胖说你是。

魏吉子说我没白长个雀子。

刘大胖说没白长，谁白长了你也没白长。

魏吉子说你明白就好。

刘大胖拥着魏吉子进屋，说我明白。

魏吉子说你不明白，我现在是纵火犯。

刘大胖说你不是，你烧的是违章建筑。

魏吉子说我打过司法热线，烧房子就是纵火犯。

刘大胖说是我害了你。

魏吉子说是我自己要去的。

刘大胖说不是，是我逼你去的。

魏吉子说腿长在我身上。

刘大胖说都怪我开支。

魏吉子说怪我，我不该骗你，本来可以不烧的。

刘大胖说我就是因为你骗我才生气，我早就后悔了。

魏吉子说你后悔剁我的雀子？

刘大胖说你还有心思说笑！

魏吉子搂着刘大胖说，不行了，雀子不行了。

刘大胖摸摸，硬邦邦的。柔声说，又骗我，这都跟铁钎子似的了。

魏吉子解开裤子展示给她看，你看看，又出血了。

刘大胖后悔极了，当时要是一失手，她都不敢想了。

魏吉子有点沮丧，这得好几天不能使了。

夜里，刘大胖躺在魏吉子的臂弯里，泪水打湿了枕头，打湿了魏吉子的胸膛。魏吉子说我知道你心里苦，哭吧，哭出来就好了。刘大胖说我心里不苦了，是甜的。魏吉子说你得让我尝尝才知道。刘大胖说你尝吧，人是你的，心也是你的。魏吉子用嘴叼住了她的奶子，孩子般吸吮着。刘大胖哦地叫了一声，我的儿啊，我的孩子。刘大胖的泪水打湿了魏吉子乱蓬蓬的头发。

几天后，老家来了几个穿便衣的警察。魏吉子丝毫也没犹豫地把双手伸出来，警察咔的一声就给拷上了。

魏吉子回头对着大胖笑笑，一副释然的表情。

刘大胖醒过神来，抄起一根钢管挡在了门口。老家的警察会武功，一脚就把刘大胖踹倒。刘大胖爬起来追到车后面，只砸坏了一个车后灯。汽车载着魏吉子绝尘而去，魏吉子把一脸的坏笑留给了刘大胖。

刘大胖傻了。魏吉子的笑挥之不去，刘大胖无论做什么，魏吉子总在她眼前露出一脸的坏笑。这坏笑把刘大胖一直牵回了老家。

二妮子哭了。刘大胖说完魏吉子二妮子就哭了。刘大胖说得很细，从认识魏吉子，到魏吉子强奸她，到魏吉子骗她，到魏吉子烧房子。当然，也说了她要剁魏吉子的雀子，她对魏吉子雀子的描述是很长，这么长，很硬，铁钎子似的。二妮子听得眼睛放光，接下来就哭了。二妮子说这是个好男人表姐，他这么轰轰烈烈地对你，你坐牢都值了。

离开二妮子家，刘大胖就直接到了县公安局。

刘大胖的运气好得连她自己都不敢相信，只等了半天她就把踹了

## 刘大胖进京

她一脚的警察等到了。本来刘大胖是做了长远打算的，公安局对面是打印社，打印社门口有一个平台，平台上可以睡觉，她都把铺盖卷放在平台上占好了地方了，没想到这么容易就找到正主了。

刘大胖扯住那个警察，说，你把魏吉子放了。

警察认出了刘大胖，想甩开她的胳膊。刘大胖早有准备，扯得紧紧的。警察说你放开说话。

刘大胖说你答应放了魏吉子。

警察说你放开说话。声音明显高了。

刘大胖声音也高了，你放了魏吉子。

警察知道遇到了泼娘们，说，你跟我进去。

刘大胖说我正想进去呢，别看你会武功，我不怕你踹。

进了公安局，刘大胖已经知道警察叫范队了。刘大胖说，范队，按法律规定，你们公安是讲理的。

范队说公安不光讲理，还讲法律。

刘大胖说讲理讲法律都一样，你把魏吉子放了。

范队笑了，说凭什么？

刘大胖说我是他女人，我也是他的雇主，是我让他替我烧的房子。

范队说，那你就是共犯，说说你为什么让他烧房子。

刘大胖说那房子是违章建筑。

范队说那还是纵火，你是共犯。

刘大胖说不对，不是纵火，是拆除。

范队说哦？

刘大胖说按法律规定，那地皮是我亲戚的，盖临建房子的人是强占，临建就是违章建筑，对不?

范队说就是你自家的，也不能随便纵火。

刘大胖说我嫌拆房子费事，就让魏吉子一把火烧了。

范队说烧了就是纵火。

刘大胖说你放，哦，那我收完了麦子，放火烧麦茬是纵火吗?

范队说我没有闲工夫听你磨牙，你走，不走我连你也关了。

刘大胖说你别吓唬我，你踹过我一脚，这不算完。

范队说你这娘们是个刁民，给你脸你都不知道接着，出去。

刘大胖说我不出去，你说过我是共犯，你把我关起来。

范队说你真想进去?

刘大胖说想进去。

范队说好吧，你等着。

刘大胖坐在局长对面展示纸条时才发现当时太欠考虑。

局长对着纸条看了半天，看看刘大胖，又对着纸条看了半天。刘大胖心里有些打鼓。果然，局长说话了，局长一说话，事态就严重了。局长说，这么说，魏吉子强奸过你。

刘大胖说没有。

局长抖落抖落纸条，白纸黑字。

刘大胖说这不算，他是趁我睡着了弄的，我醒了就愿意了。

局长说，不算你拿这个给我是什么意思呢?

刘大胖说这上头写着呢，魏吉子愿意为刘梅花做事补偿。

局长说，这是因果关系，他没有强奸你，为什么为你做事补偿呢?

刘大胖说，他开始是强奸我，后来……

刘大胖进京

　　局长说，强奸你那就严重了。强奸罪加上纵火罪，数罪并罚，后果还用我说吗？

　　刘大胖知道说不过局长，就直奔主题，是我让魏吉子替我烧我的房子的。

　　局长说烧房子就是纵火。

　　刘大胖说我那是嫌费事才用火烧，算是拆除。

　　局长显然已经没有兴趣再谈了，起身说，你这个大妹子啊，是不是脑子有点……

　　刘大胖说把纸条给我。

　　局长说这个不能给。

　　刘大胖说你不给我死给你看。

　　局长说你无法无天了。

　　刘大胖不吭声，用头对着桌子就撞了过去。局长赶紧挡住。旁边几个打杂的公安围过来，想把刘大胖拖走，刘大胖运足了气力大喊：杀人了！

　　刘大胖的喊声十分凄厉，局长认为在夜空里传播的距离无法估算。

　　刘大胖的纸条失而复得。

　　刘大胖躺在打印社门口的平台上，眼睛瞄着范队的那扇窗户。公安局的窗户一扇一扇灭了灯，成了一只只黑洞洞的眼睛，那些眼睛仿佛全都警惕地盯着她。大街上的灯也相继灭掉，最后只剩下了无精打采的路灯。原先黢黑的天空显得亮起来，深不见底的天空密密麻麻地布满了星星，像是人身上的疥疮。刘大胖费力地睁着眼睛，眼皮却越来越硬，她用手把眼睛掰开，发现眼皮已经肿成了灯泡。她索性把眼镜闭上。一闭上眼睛，坏笑着的魏吉子就来了，就在她的眼前。刘大胖说魏吉子你挨揍了吗？魏吉子还是一脸坏笑。刘大胖说我知道你挨揍了，他们连女人都揍，放不过你个爷们的。可是我身上都是肉，你身上都是骨头呀魏吉子。刘大胖自说自话，一会就说不动了，嗓子像是被塞进了一把锯末，又像是被点了火。刘大胖想喝水，可是身子不听使唤，一点都动不了，天上的星星真的变成了疥疮，落到她身上。

刘大胖再一次睁开眼睛的时候，看到了二妮子。二妮子咧着大嘴又哭又笑，表姐呀，表姐，俺表姐活了，活了，我的个娘哎——。刘大胖很奇怪，你怎么来了二妮子？二妮子说你都死了好几天了，俺要是不来连个收尸的人都没有，我的个亲娘哎！刘大胖说放屁，我睡了一觉怎么就好几天了？二妮子说你才放屁，你见过睡觉睡死了的吗？三天了，你死了三天了。刘大胖这时才发现，自己是躺在医院的病房里，她说不行，魏吉子还在里头蹲着呢，我得去找警察。说着刘大胖就起身，一起身浑身就又疼起来。二妮子说，你别逗熊能了！我姨婆婆家的大姑姐的老公说没想到你会这样做。她大姑姐的老公也被调查了。大军子找到我，私下给我六千元钱，让给你治病。

刘大胖哇哇大哭，大军子你是个男人！

出院后，刘大胖决定第二次去北京。她对二妮子说，我要去北京。二妮子说你去等姓魏的？刘大胖说等，我等他十年二十年。等他出来，正儿八经地做他老婆。

接着，刘大胖又问二妮子，你姨婆婆家大姑姐的老公还想不想要回那块地？

二妮子反问，你有办法？

刘大胖说有办法。我这回一分钱也不要你姨婆婆家大姑姐老公的，等我打赢了，地要回来了，让他再兑现。

二妮子说那肯定的。

二妮子上上下下打量了她一眼，说，咦，你怎么胖了？刘大胖说胖了，腰粗了二寸。二妮子围着她转了一圈，又转了一圈，说，你有了。刘大胖说有什么？二妮子说坐窝了，揣崽了，魏吉子给你种上了。刘大胖说放屁，等等，真的？二妮子说，咦，你不是说你不会下蛋吗？刘大胖说别废话，我真有了？二妮子说假了包换。刘大胖蹦起来，我得跟魏吉子说去！

二妮子说，你回来，你不是说你不会下蛋吗？刘大胖说那是大军子不会！

刘大胖见不到魏吉子，看守所连大门都不让她进。不让进就不让进，刘大胖有得是办法，她运足了气力在大门口喊，魏吉子，我是刘梅花，我坐窝了，揣崽了，你给我种上了！接着又去看守所的后墙边喊：魏吉子，我是你女人刘梅花，我坐窝了，揣崽了，你给我种上了！刘大胖把看守所前后左右都喊遍，一直喊到头晕眼花，一直喊到确信魏吉子听见了。

在去北京的火车上，刘大胖做出了重大的决定，把自己的生活费涨到了一天二十块，她要替肚子里的小东西多吃点。

下了火车，刘大胖就坐地铁，坐公交，直奔魏吉子的棚子。那是他们的家，那里有床铺，有锅碗瓢勺，能吃一口热乎的，最重要的是，省钱。

七

刘大胖有了计划，却没赶上变化，魏吉子的棚子没了，家没了。原先搭棚子的地方已经被夷为平地。

刘大胖背着包袱在棚子的位置站了半个小时。刘大胖又扔下包袱在原先搭棚子的周边转了半个小时。肚子咕咕地叫起来，刘大胖还是没有想明白。棚子没了，家没了，魏吉子的电动三轮车没了，那台生钱的机器洗车机也没了，还有，锅碗瓢勺，电视，那张用木板支起来的令她往返于地狱天堂的床，都没了。梦一样没了。

刘大胖只见到了她从河边花池子里移过来的那些花的残骸，那些曾经生机勃勃烂漫艳丽的花横七竖八地躺在地上，像一具具女人的干尸。刘大胖在扒拉那些花的残骸时，意外地发现了一朵被枯枝掩盖着的黄花，那朵黄花怯生生地，可怜巴巴地倔强地望着她。刘大胖的心悸动了一下，用手刨开土，给那朵幸存的黄花做了个宽大深厚的窝，又从旁边的土坑里捧来水让它喝饱喝足。黄花笑了，刘大胖也笑了。

刘大胖在黄花的笑容里问对面大楼的保安，我的家呢？保安像高楼那样威严，上下打量着她，连句话都懒得说。刘大胖又问旁边工地门口那个烂眼睛的看门人，看门人极具穿透力地看她的脸，她的胸和肚子，看饱了才说，让城管拆了，用大抓斗机，轰，拆了。烂眼睛在说到"轰"的时候表情极兴奋，毫不掩饰他的幸灾乐祸。刘大胖说那我家的东西呢？机器，电动车，还有那一屋子东西呢？烂眼睛重又用极具穿透力的目光看她的脸她的胸，再次看饱后，说，你男人还欠我钱呢，你得还。刘大胖说他欠你什么钱？烂眼睛说，水费，电费，我偷着从工地给他接的，一个月一百。刘大胖说我不知道，你找他要去。说完转身就走。

烂眼睛猴子般窜过来，一把抓住她，你不能走。

刘大胖说不走你管饭？

烂眼睛围着她转，说，我知道你男人摊上事了，你，住到我那去，我不要钱。

刘大胖说，那你先跟我说东西都拉哪去了。

烂眼睛说你先跟我走。

刘大胖拍拍他的肩膀，急什么，告诉我，东西拉哪儿去了，乖。

烂眼睛酥了，指着门前的马路说，走到头，右拐，到红绿灯左拐，就到了，路西。说着就急不可耐地去搂刘大胖的腰。

刘大胖顺手就是一巴掌，狠狠地抽在他脸上。

烂眼睛回过神来，想打刘大胖。刘大胖揪住他大喊：抓流氓啊！

烂眼睛急了，一边堵她的嘴，一边求她，姑奶奶姑奶奶，别喊了，我饭碗没了。

刘大胖说那你给钱，不给我砸你饭碗。

烂眼睛说给多少？

刘大胖说一百。

五十。

五十就五十，拿来。

拿了五十块钱，刘大胖回到她的黄花边上坐下。黄花感激地看着她，她的眼泪哗地就流了出来。如果没有她，这朵黄花毫无疑问会像它的同族姐妹那样变成干尸，也许明天，也许就是今天。可是谁能管她呢？那个本以为可以托付一辈子的大军子，把她扒光了榨尽了扔出门外，她还要替他背着不能生育的恶名；大军子的大舅宋老磨，那个笑眯眯的眼睛藏着杀人刀吃肉不吐骨头的信用社主任；大军子的二舅，那个法律规定了要置她于死地的庭长；那个什么都比她强，夺走了大军子夺走了她的财富还放狗咬她的贱货；还有那条德国的狼狗，虽然披着老外的身份却也难逃狗眼看人低的本性；还有对面大楼对她视而不见的保安，还有刚刚这个猥琐的烂眼睛看门人。似乎整个世界都在跟刘大胖作对。

刘大胖想着这些的时候，一脸坏笑的魏吉子再次回到她眼前。刘大胖本来没指望魏吉子为了让她得到钱去烧房子，但是他烧了，虽然他骗过她，但最后还是去烧了。这是个要脸的男人，是个真心对她好的男人，也是这个世界上她唯一值得信赖的男人。刘大胖决定不去找城管要东西了，那些东西和魏吉子比起来，一钱不值。

刘大胖决定去还账。那天晚上、那个长着虎牙的年轻保安给了她一个馍馍，她说过她会报答的。

刘大胖没费劲就找到了那个长虎牙的保安。刘大胖说小兄弟还认识我吗？保安说认识认识，大姐，又饿了？说着就用对讲机喊人拿馍馍。刘大胖连忙阻止他，并把从烂眼睛那里诈来的五十块钱拍到他手里。保安说，姐，什么情况这是？刘大胖说，姐说过，姐会报答你。保安说，一个馍馍？刘大胖说一个馍馍。保安说五十块钱？刘大胖说五十块钱。保安笑了，姐，这也太离谱了，一个馍馍五毛钱，这才几天就翻了一百倍。刘大胖也笑了，好人有好报，一千倍都不多。

## 刘大胖进京

刘大胖走了，心情好极了。没想到一会儿那个小保安就追了上来。保安说，姐，你跟我回去。刘大胖说为什么？保安说，你说过好人有好报。刘大胖说我又不是好人。保安说知道感恩就是好人。刘大胖说不知道感恩就不是人。保安说守信用是好人。刘大胖说不守信用那也不是人。保安说那你就跟我回去吧。刘大胖还是不解，为什么？保安说你是来上访的吧？刘大胖说什么上访？姐是来告状的。保安说告状就是上访。

刘大胖死活都想不到几个月前的一个馍馍能让她有个安身睡觉的地方，能让她心里充满了温情。在她的一再追问下，虎牙保安很不好意思地说出了自己的名字：牛荷花。刘大胖笑喷了，你一个大小伙子怎么叫上了这个名字？牛荷花说这是我姐的名字。刘大胖更不解了，你叫了你姐的名字，你姐怎么办？牛荷花说我姐没了。刘大胖说没了？怎么没了？牛荷花说，没了，小时候就没了。刘大胖说不说了不说了，我就当你姐吧。牛荷花说你就是我姐。

第二天，牛荷花用电动车带着刘大胖直奔上访的地点。牛荷花说，姐，你怀孕了。刘大胖说你怎么知道？牛荷花说上次见你肚子没这么大。刘大胖说以后不许老看女人的肚子，流氓。

牛荷花说知道。

有了牛荷花，刘大胖的效率就高多了。牛荷花帮她填写登记表，帮她散发上访材料，给她讲解条文上那些费解的词。中午吃饭的时候，刘大胖决定将原计划一天二十元的预算提高一倍，破例要了红烧肉盒饭。

不过，刘大胖心里不踏实，因为牛荷花的字没有魏吉子写得好看，歪歪扭扭，就像残疾，胳膊长得不是地方，腿也长得不是地方。文章更没法和魏吉子比，小拇指甲一般大的字，写了半页纸就想不出词了。最后，刘大胖无可奈何地说，就这样吧！

## 八

三个月的光景很快过去了。这三个月中，刘大胖没少了和二妮子通电话，每回开门见山地问，有信了吧？一听二妮子说没信，她心里就犯嘀咕：难道魏吉子那熊东西说准了，过去那两件事有结果并不是魏吉子的信起的作用？不，不对！没有魏吉子的信，怎么能把那两人给办了？

刘大胖也去过信访接待的地方查询。每回，工作人员都很热情，一脸阳光灿烂，开口必称大姐。大姐，我们已经把信批转有关部门了，你耐心等候消息吧。刘大胖每到这个时候就没辙。

然而，让刘大胖想不到的是，她要解决的事还没解决，却因天天朝信访接待的地方跑，和搞接待的混熟了，意外地收获了机会。

那天，刘大胖又去信访接待的地方询问结果。临走的时候，负责接待的那位姑娘热情地起了起身，喊了声大姐你慢点。身子不方便就少出门。

刘大胖嗯啊地应着。刚出门，一个中年男子拦住了她。妹子，我想请你吃饭。

刘大胖冷冷地看了他一眼，干啥？

中年男子说，就想请你吃饭。

刘大胖四下看了一眼，严肃地问，我不认识你，你为啥请我吃饭？

## 刘大胖进京

中年男子嘿嘿笑了，妹子，原来不认识，现在就认识了。人和人之间不就这样吗?

刘大胖脑子急速旋转着，猜想中年男子的真实意图。中年男子没等她再问，主动地作了自我介绍。我姓刘，你叫我刘哥也行，叫我老刘也行。我听你口音像鲁南的，咱俩是纯老乡。我是来北京上访的，已经来两月，找不到熟人也找不到门路干着急。我看你和那个负责接待的很熟，关系非同一般，想求你帮忙……

刘大胖这回明白了中年男子的意图。她对他的话既没有肯定也没有否定，故意卖着关子，说这事不管。

咋不管? 老刘说，妹子我也不是白让你帮忙。事成了我重谢你!

刘大胖一边摇头说，这事不管，一边转过身往前走。老刘两大步跨到她前边，挡住了她的路。妹子，你说说咋不管? 你要是不相信我，我现在就先给你付1万定金。刘大胖眼睛一亮，朝前呶了呶嘴，我是说在这里说这事不管。你没看见多少双眼睛在看着咱俩。

老刘四下看了一眼，连连续点头说，妹子对不起，哥一时着急没想那么多。咱换个地方说话。

老刘把刘大胖带到不远处一家旅馆。这家旅馆住得大半是外地进京上访的。那些上访的大多数住在地下一层或二层的地下室里，三、五个人挤在不到十平米的一间屋子里，有的一间挤十几个。而老刘住在地上二层，还是单间。刘大胖依此判断老刘是有点积蓄的人。这种人进京上访，保不住是为了挽回大损失，舍得花钱求人。刘大胖这样一想，心里偷偷乐了。这回她先开门见山，刘哥，咱不光是老乡，还是本家，我也姓刘。

老刘惊喜地说，是吗？那不就更亲了吗？说着，剥了只香蕉递给刘大胖。

刘大胖接过香蕉，心里更加认定老刘手里有点钱。来京上访的老百姓有几个住单间吃香蕉的？她一口咬了大半截在嘴里，说话也含糊不清了。刘哥，哥，你多大的事？

老刘长长地叹了口气，说来话常，不是一句半句能说清楚。我先把材料给你看看吧。说完，打开旅行箱，取出一摞材料给了刘大胖。刘大胖接过材料，皱了皱眉头，说刘哥你先说说吧。我看这事能不能帮你摆平。

老刘还没开口，眼泪唰唰唰地落下来。刘大胖说男人有泪不轻弹，只是没到伤心处。哥你就先哭一场吧。

老刘不哭了，一五一十地向刘大胖讲了他来京上访的原因。刘大胖听着听着就心跳加快了。嘿，这老刘不是二妮子她姨婆家大姑姐的老公吗？怪不得他讲得事儿听着熟悉。

这事儿闹的。

妹子你说我这事你能帮着摆平吗？老刘抹着眼泪，急切地问。

刘大胖皱了皱眉头。她一页一页一遍一遍地翻着老刘给她的材料，其实一个字也没细看。这个时候她更想念魏吉子了。要是魏吉子在……她不敢想了，生怕不小心说出魏吉子的名字。小时候，她奶奶她姥姥都教过她，心里咋想的，往往容易嘟噜出来。她决定赶快离开老刘。于是边起身边说，哥你这事我得跟人家信访的商量商量，我一个做不了主。虽然是好朋友，可话说回来朋友归朋友，办事归办事。

老刘忙说我懂，我懂。我这回来京该带的都带着呢。要不，哥先

刘大胖进京

给你拿点？

刘大胖犹豫了片刻，说算了，我这人办事特讲规矩。我先问一问，能办，你该拿多少拿多少，不能办我一个子不要你的。妹子提醒你当哥的，千千万万、万万千千别轻信人。满口包票的不是骗子就是吹牛大王，把你的哄到手，哼……她故意打住了。有些话不需要说完全，尤其是对老刘这种人。老刘果然十分感激，握着刘大胖的手连续说了几声谢谢。妹子你这话我听了踏实。哥就全指望你了。

老刘把刘大胖送到门外，拦了辆出租车，亲手打开车门，扶着刘大胖上了车。刘大胖当时心里挺得意。车子开出两站地她又后悔了：坐出租车可是要付钱的。她伸手摸了摸口袋，里边就剩下两张票子，一张十元，一张五元。她问出租车司机到她住的地方需要多少钱，出租司机脱口而出地说，四十多元吧！刘大胖喊停车，我下去。出租司机看出了她的心思，说你现在下车也得给我十元。刘大胖懒得和出租司机理论，让他停下车，大大方方地给了他十元钱，说，不要票。

这个老刘，看样子大方，做事挺抠门！刘大胖一边走一边忿忿地想。你今天让我赔了十元钱，我明天让你加倍偿还！

可是，怎么才能从老刘的口袋掏出钱呢？可是……刘大胖想了一路，想得头疼也没想出个法子。直到和牛荷花坐在一起吃饭的时候，经牛荷花点拨，她才想到了个法子。

牛荷花是这样"点拨"刘大胖的。他说姐你别愁。我听大人说，怀了孩子的女人，会把自己的欢喜悲忧传染给肚子里的孩子。那个姓刘的不是告当地政府吗？你不如把他告状的信息传给当地政府。

刘大胖手摆得像荷叶，那不行那不行！这不是出卖朋友吗。

牛荷花说姐你听我说完。当地政府怕有人到北京上访，平时都派人"截访"。哪个县哪个乡到北京上访的多了，县长乡长乌纱帽都戴不住。

刘大胖问你咋知道的？

牛荷花说，我们公司的老板曾经派我和另两个保安兄弟帮他老家送上访的人回去。他老家信访办的一个人给我们仨发红包……

刘大胖猛地拍了一下牛荷花的肩膀，兄弟，我明白了。我听老魏说过这事。好像北京这边给各个地方上访排名次，哪个地方的人来京上访的多，好像那个地方的问题就多，排名越朝前的地方，领导就得挨熊，乌纱帽保不定被一阵风给吹掉了。可是……

牛荷花说，姐你也别老说可是。你是怕姓刘的记恨你是不？才不会呢。地方上的知道老刘在北京上访，会派人把老刘接回去，还会安慰他，帮他解决问题。这你是帮了老刘吧。你帮他，他得谢你。你呢，把这个信息告诉了地方，地方也会感谢你，给你发红包。他一脸严肃认真，给你的红包是大红包。姐，这可是一箭双鸟啊

刘大胖茅塞顿开，仿佛一个走黑路的突然看见了一线光明，眼前为之一亮。她对牛荷花说，姐要真收到大红包，咱姐俩一人一半。末了，她没忘了郑重其事地提醒牛荷花，那叫一箭双雕。以后在人场上少文皱皱的，说错了让人笑话。

牛荷花挠着头皮嘿嘿笑了，噢，雕，雕，姐我记住了。

没想到，事情比刘大胖想像得简单。她过去因为自己的事情在县里多次上访过，知道县信访办的电话。一个电话打过去，对方果然就

## 刘大胖进京

派人来了。来了两个人，当天夜里的火车来的。第二天一早 5 点多就到了北京，到了北京就给刘大胖打电话。刘大胖还没起床，一开始以为自己在做梦，梦见魏吉子给她打电话。后来醒了，接电话时说话不住打呵欠。谁呀，这不白不夜的，当心我告你扰民。她说这话时用的是鲁南口音的普通话。对方一听就笑了，是小刘同志吧？我是老家来的，信访办的。咱俩昨天下午通过电话。

刘大胖一个骨碌翻身从床上跳下来，光脚跑到窗口看了一眼，天还没有亮色，四周朦朦胧胧。她尽力控制住激动的情绪，心平气和地问：你这是在哪打电话？

对方说我们在北京南站呢，刚到。又问：小刘同志你说的那个人现在在哪儿？

刘大胖：干吗？你想抓人家？

对方笑了，你别误解。我们是想找他谈谈，听听他有什么意见要反映。无论有什么问题，最终还得到咱们地方上解决你说对不对？

刘大胖耐心地听对方讲了十几分钟大道理。她一边听一边想着下一步怎么做。你打电话把人家信访的叫来了，不告诉人家姓刘的住哪儿岂不是开玩笑。但是，把姓刘的直接交给他们，还有我刘大胖什么事呢？等到对方讲完，她的计策也想好了。她说姓刘的来北京上访，是信访的一个亲戚告诉我的。我家亲戚说，姐你老家信访的还不少呢！前天刚走一个，今天又来一个。我说妹子你千万别把材料往上递，那样对姐的老家影响多不好……

对方说是，是！小刘同志你做得对。

最后，对方提出先见刘大胖。

# 九

老刘被老家来的信访人员带回去不久，地皮的事就解决了。老刘也知道了刘大胖和二妮子的这层关系，打发二妮子专程到北京给刘大胖送十万元钱，感谢刘大胖帮忙。他还以为是刘大胖真的在信访那儿替他使了劲出了力。当然，他和刘大胖都想不到二妮子从中扣了五万元，只给了刘大胖五万。

五万元对刘大胖来说也是不小的数字，尽管她以前不缺钱，可现在缺。最让刘大胖想不到的是她的问题也得到基本处理。说基本处理是因为没有根本处理，或者说刘大胖没有完全满意。大军子独吞的，吐了一半给她，可是大军子早把厂子搬到县城去了。刘大胖把那一半的房子拿到手后，接着就租给一家养猪大王当猪圈了。她最想解决的问题是把魏吉子放出来，和魏吉子正儿八经地成家，然后在家做母亲生孩子过日子。信访的同志对她说，小刘同志啊，这个问题可不是我们能解决的了。魏吉子是犯罪，有司法管着……

刘大胖说你们不放老魏，我回北京还得告状。

对方说你告状我也没权力放了他。

事情就这样僵持了几天。那几天里刘大胖闲不住。二妮子不住地把一些信访户朝她那儿领。手头宽绰点的，给她带个红包；手头拮据点的，就给她带点土特产。总而言之，刘大胖在当地成了"能人"。

当然，刘大胖在那些人面前不提魏吉子。否则不引起人家怀疑？你哪么大本事咋不把你男人的事办了？

二妮子也不提。

## 刘大胖进京

只是信访的同志急了,把她接到县城最好的宾馆安排住下,二十四小时派人"照顾"她。那个到北京见她的信访还一天一次来劝她回北京。小刘同志啊,我们研究了一下,你在北京有资源有关系,而且又有能力。我们想聘请你做咱县驻京联络处的联络员,你看行不?

刘大胖问:联络员是啥官?

对方沉吟片刻,笑笑,你也不用上班,但每月工资照发,福利照给……

刘大胖马上明白了对方的意思。她没有当即回答,吃了两只苹果后才故作勉强地说,那,那我在北京住哪儿?

对方说安排好了,早安排好了,就住办事处。你的工作就是和信访那边保持联系,有咱县去信访的,及时通报一声,当然,能"截"下来最好。

刘大胖说我不住办事处,那儿人多。我还住老地方,老魏那天回来肯定到那儿找我。说完,又补充一句,还有他的孩子。

第二天,一辆小轿车开到刘大胖住的宾馆接她。一位信访的同志陪着她坐火车去北京。刘大胖在路上给牛荷花发了条短信,让他无论如何也要租辆小轿车到北京南站接她。她在短信中说,一百元钱一趟,这钱姐付了。

牛荷花给她回短信,姐,下了火车就有出租车。

刘大胖回短信骂他,你小子猪脑子啊?我这有人跟着呢。

牛荷花回话说明白了。过了一时时,又给刘大胖回短信:姐,人家要八百呢。

刘大胖咬咬牙，只回了一个字：行！

　　在北京南站下了火车，刘大胖坚持和送她的信访同志分开走。她说，我过两天就去上班。牛荷花在一旁听见了，上车就问：姐，你找到工作了？刘大胖似是而非地点点头。

　　两天后，刘大胖并没有去驻京联络处上班。驻京联络处的人打电话给她，她说这边工作还没辞掉。对方说那你把卡号给我，给你打工资。

　　又过了一周，刘大胖住进了新房子。新房子是县驻京联络处给钱，她自己租的，离原来她和魏吉子住的地方不远。

　　可是魏吉子没出来。放了魏吉子是刘大胖提出的主要条件，县里没答应。

　　刘大胖一天也没去联络处上班，但她的信用卡上每月都会按时收到工资。

　　牛荷花经常过来，有时候吃饭，有时候坐一会就走。有一天他对刘大胖说他换地方了。刘大胖问不当保安了？牛荷花说还是保安，换了个更大的大厦，超级大，京城数得着的。刘大胖说你哪么大本事啊？牛荷花这才告诉刘大胖，我大舅也在北京。刘大胖说你咋没给姐说过，他在北京做啥？牛荷花说也是买卖人。北京城的大厦，是各色人物聚集的地方，这些人物或者有钱，或者有权，或者两者都有，唯独缺的就是心里的踏实和安宁。我大舅就是卖踏实的。

　　刘大胖不解地看着他，啥？卖药的？他摇头。刘大胖挤巴挤巴眼睛，自言自语地说踏实，踏实，噢，姐想起来了，是帮人要账的？牛荷花怕刘大胖着急，说我大舅卖的是踏实。风水师，知道了吧？

## 刘大胖进京

刘大胖说风水师还那么牛？

牛荷花脖子一拧，哼，那可不是，天天有人请客有人送礼有人捧着。

刘大胖说，噢。

牛荷花皱了皱眉头说，可是京城的风水师命相师多啊，人家为什么要买我大舅的呢？这就靠我了，至少一半得靠我。我大舅圈定了客户，我就去他们出入的大厦当保安，等我把他们的情况摸清楚了，我大舅一出面，他们就相见恨晚了。刘大胖听明白了，说你那个卧底就是媒子。牛荷花不同意，坚持叫卧底。刘大胖说卧底就卧底吧。唉，这北京城做啥买卖的都有。牛荷花说，姐，你那也叫买卖。

刘大胖突然想起来，自己已经有一段时间没买卖了。牛荷花一走，她就忙着给二妮子打电话，问二妮子最近有没有"活"。二妮子说城南边二里店要拆迁，一拆迁咱就有"活"了，姐你别着急。

刘大胖心里说我能不着急吗？有了信访的"活"，县里对我就重视。我好跟他们讲放魏吉子的事。

果然，二里店拆迁刚一动，二妮子一连给了刘大胖三个"活"。刘大胖还是老规矩，给县信访打电话。咱县又有人要来京上访了。信访的人就会赶紧儿说，小刘同志，你的信息太及时了……。每次到最后又都会问一句：这个月的工资收到了吗？

刘大胖在老家的名气越来越大。她的肚子也越来越大，大到足以让她骄傲的程度时，她就回了老家。她回老家就是要把大肚子充分利用上。镇上按照县里要求给她新盖的房子门朝外，但却留了个后门，开了后门就是大军子胶合板厂的院子。留后门的用意十分明显，就是彰显主权。在老家，谁也猜不透她在北京的关系北京的背景，当然，她自己也猜不透。大军子现任媳妇多次问过大军子，你过去不知道那个胖熊在北京有啥关系？大军子沉默不语。

刘大胖走在路上就有人向她行注目礼，有人给他让道。刘大胖想要的并不是这些，她想要的是人们关注她的肚子，进而联想到大军子不行。

人们关注刘大胖背景的兴致显然要远远大过她的肚子。经过刘大胖锲而不舍的坚持和二妮子的配合，终于成功地把人们的关注点转到了她的肚子上。

大军子立马不好过了。人们一旦关注，就不乏逻辑推理的能力，并且很快推导出大军子不行这个结论。除了刘大胖，谁都不知道大军子不能生育，刘大胖跟了大军子七年，心甘情愿地背了六年不能下蛋的黑锅，到离婚时，这口不下蛋的黑锅想卸都卸不掉了。

刘大胖从后门出来，在大军子厂区院子里晃悠的时候，大军子的现任媳妇跐溜一下就躲了。刘大胖知道，她一定是躲在窗户后边看呢，一定是一边看一边难受呢。你能躲，你男人大军子躲不了，刘大胖搬了把椅子放在院子里，每天坐在椅子上晒太阳，大军子每天迎来送往进进出出都要从她眼前过，对刘大胖的肚子无法视而不见。

接下来刘大胖就去大军子家，去大军子大舅的信用社，去大军子二舅的法庭，直到他们都为大军子无法传承家族骨血沮丧绝望羞愤难当。

刘大胖成功地用肚子击败了不可战胜的对手。

前有肚子后有背景的刘大胖确信自己取得了超乎寻常的胜利时，激动人心的时刻到了。牛荷花打来电话，告诉她魏吉子出来了。

十

刘大胖要回北京，二妮子拦着不让。二妮子说，你这两天就要生产，万一生在路上火车上咋办？

刘大胖得意地拍拍肚子。

到了北京，到了她和魏吉子曾经住过的地方，远远地看见一个人蹲在河边低着头抽烟。刘大胖认出他是魏吉子。突然间，她奇怪自己怎么跟这个男人走到一起，并且成就了她做梦都不敢妄想的辉煌战绩。

魏吉子一抬头看见了刘大胖。

魏吉子！刘大胖喊。

梅花？魏吉子很惊奇。

你白了魏吉子，像个白书生。

你黑了刘梅花，像朵黑牡丹。

看看！刘大胖拍拍肚子。

嗷吼！魏吉子趴到她肚皮上。

你听见我喊了吗？刘大胖问。

听见了。魏吉子说。

你给我学学。

魏吉子清清嗓子，喊：魏吉子，我是你女人刘梅花，我坐窝了，揣崽了，你给我种上了！

刘大胖上去就抱住魏吉子，你真是个神枪手，你要当爹了。

魏吉子搂着刘大胖：胖乖乖你就要当娘了。

刘大胖说狗日的魏吉子快抓住我的裤腿！

魏吉子说抓裤腿做什么？

刘大胖说你快点拦车。

魏吉子手忙脚乱地跑到路上截了辆出租车，把刘大胖抱到车上直奔妇产医院。

当天，刘大胖生下了个儿子。

我的儿！刘大胖看着白白胖胖的儿子哭了：我的儿啊！

哇——哇——孩子哭了。

魏吉子也哭了。

几天后，魏吉子对刘大胖和他的儿子讲了真话。他说那火不是他放的。他是去了那地方，只是想看看刘大胖说的是不是事实，压根就没有胆量纵火。他蹲在那儿抽了半盒烟。不知怎么火就起来了。他回来只所以给刘大胖说火是他放的，是讨刘大胖欢心。当地警察从监控录像发现他，怀疑他丢烟头引起的火。加上他和刘大胖这层关系，加上刘大胖对大军子仇恨这层关系，他就成了故意纵火的嫌疑。他天天喊冤，递了几封申诉信，警察很重视，经过调查，结果是一个员工用电炉子烧水忘记了断电源，引起了火灾。那个员工在失火后害怕追究，当天夜里就到广东一个镇上打工去了。警察找到他时，他吓得尿了裤子……

刘大胖恼羞成怒，那，那，那你不能让他们白白关了这么多天！咱得信访。

没等刘大胖和魏吉子上访，县里派的人就过来和魏吉子谈赔偿了，这让刘大胖和魏吉子很感动。两人商量了几个白天几个晚上，最后决定：刘大胖把县联络处信息员辞了，二妮子那边的活也不接了，做点小生意，好好过日子。

刘大胖和魏吉子的儿子两岁的时候，一座叫"大胖美食"的餐厅在北京北五环开业了⋯⋯